ふたつぼし 壱

中谷航太郎

角川文庫
19503

目次

序章

漆黒の水面《みなも》に映る蒼《あお》い月が、千切れては流れている。

柳の木が連なる神田《かんだ》川に沿った通りを行き来する者もついぞ絶え、それでも寒さに震えながら、しぶとく客待ちをしていた夜鷹《よたか》の姿すら消えていた。

ただでさえ殺伐としたその景観に、闇を固めたような橋梁《きようりよう》の上にぽつんと佇《たたず》む孤影が、さらに寂寥《せきりよう》感を加えている。

こんな夜更けにもかかわらず、どこからともなく現れた人影が、和泉《いずみ》橋の上から流れを見下ろしていた。

大小を腰にした武士。身形《みなり》は良く、それなりの身分が感じられるが、老年に差しかかったことを示す白髪《しらが》まじりの薄い頭髪と、痩《や》せた背中の取り合わせが、なんともいえぬ物悲しさを湛《たた》えている。

「ああ……」

と吐いた白い溜息《ためいき》にも、いかにも虚《うつ》ろな響きがあった。

武士は胸になにかを抱えている。

それが石であれば、武士がここへ来た目的は、身投げ以外に考えようがないが、武士が抱えていたのは、夜目にも鮮やかな白絹のお包《くる》みだった。

お包みの合わせ目から、小さな顔が覗《のぞ》いている。

月光に青く染まったその肌は、あたかも陶器の人形を思わせた。

「おいたわしや。御名もないとは……」

苦悩に満ちた声は、咽《むせ》ぶように掠《かす》れている。これからしようとしていることを、明らかに迷っていた。それでも、迷いを振り切るように強く頭《かぶり》を振ると、

「若様、なにとぞ、それがしをお許し下され。なにもかもお家のためにござる」

武士は腕をぶるぶる震わせながら、赤子を欄干の上に差し出した。

その腕がゆっくりと下がっていく。

「いや、わしにはできぬ。いくら殿の命《めい》でも、あまりにも惨《むご》すぎる」

寸前で思い留《とど》まった武士が腕を上げ直した。赤子を抱えたまま橋を渡り、土手を下って河岸へ出ると、赤子を水際にそっと横たわらせた。

戸外、それも厳冬の川風が吹きすさぶ河原に、赤子を放置すれば、一刻《いっとき》（二時間）と経たずに凍死してしまう。武士はそうと知りつつ、せめて赤子に、短いながらも命を全うさせてやりたいと思い直していた。

武士が赤子のそばに蹲《うずくま》った。懐の奥から取り出した物を、赤子の手に握らせた。最後に赤子に向かって頭を下げると、足を滑らせながら、土手を這《は》い登っていった。

ふいに赤子が、火がついたように泣きだしたのは、武士が土手の上に至ったときだった。

我が身になにが起きているか、赤子にわかろうはずもない。だがそれは、救いを求める絶叫にほかならなかった。

耳を塞《ふさ》いで武士は走った。逃げた。

武士が闇に溶け込むと、赤子の絶叫は、もう誰にも届かなくなった。虚《むな》しい叫びを発することが、かえって赤子の命を縮めてしまい、時の経過とともに、

「うぎゃあ、うぎゃあ」

という泣き声が次第に、

「ひぃひぃ」

という喘《あえ》ぎに変わっていった。それすら途切れ途切れになり、空が白んできた頃には、絶えていた。

赤子はぴくりともせず、その身を包んだお包みだけが、ただ風に揺れていた。

「なんだ、ありゃ?」

夜っぴて酒を飲んでの朝帰りだろう。千鳥足で土手道を通りかかった若い男が、お包みに目を留めていた。

町人のようだが、派手な柄物を着崩した姿は、およそ堅気ではない。遊び人か、せいぜいやくざの三下《さんした》と思われた。

「おっ、上等そうな着物じゃねえか。早起きは三文の得っていうが、三文どころか、一分や二分にもなりそうだぜ」

男はお包みを、岸に流れ着いた絹の衣と思い込み、いくらで売れるかと、はやくも算段を始めていた。

土手を、どたどたと駆け下りた。水際に近づいたところで気づいた。

「なんだよ、中身が入ってるじゃねぇか。おまけに死んでやがる」

男は舌打ちをして踵《きびす》を返そうとしたが、死人に衣はいらないと思い直したか、

「こんなところに捨てられたら、そりゃあ死ぬわ。ひでぇことをしやがる」

赤子を捨てた親を罵《ののし》りながら、乱暴にお包みを剝《は》ぎ取った。ごろんと転がり出た赤子が、浅瀬に落ちてうつ伏せになった。

「げっ、生きてやがった」

赤子の小さな手が、かすかに痙攣《けいれん》している。流れに押されて、そう見えたのではない。冷たい水に触れて、赤子は息を吹き返したようだった。

さすがに男も気が咎《とが》めたか、赤子を岸に引き揚げて、仰向《あおむ》けに返した。

赤子には臍《へそ》の緒《お》がついていた。産湯すら使って貰《もら》えなかったのか、体のあちこちに血がこびりついている。

その血のこびりつきが水に溶けて、赤子の肌に朱色の染みを拡げていった。

股間《こかん》には男の印もある。そして赤子が握りしめた拳《こぶし》の端から、細い紐《ひも》がはみだしていた。

男は赤子の拳をこじ開けた。出てきたのは、赤子の小さな掌《てのひら》に隠れてしまうほどちっぽけな――高さ一寸、横幅はその三分の一しかない――根付《ねつけ》だった。

根付は飴色《あめいろ》に古ぼけているが、象牙《ぞうげ》のようだった。神像が刻まれている。細工は緻密《ちみつ》で細部まではっきりと判別でき、神像の足下には猪もいた。

「変わった神さまだな」

男は知らなかったが、摩利支天《まりしてん》だった。かの楠木正成《くすのきまさしげ》が兜《かぶと》の中に摩利支天像を忍ばせて戦に挑み、毛利元就《もうりもとなり》が旗印として用いたことでも知られるように、とくに武家の間で崇拝された神である。

男は根付の値を、一両は下らないと見積もった。着物の裾《すそ》で水気を拭《ふ》き取ると、懐の奥に仕舞い込んだ。

「命を助けてやった礼に貰っとくぜ」

男が赤子にいったそのとき、

「そのほう、なにをしておる?」

突然、背中に声がかかった。男がぎょっと振り向くと、日の出前の薄明に、手に木刀をぶら下げた浪人者が、土手の上から見下ろしている姿が浮き上がっていた。

——まずいところを見られちまった。

男は咄嗟《とっさ》に赤子を流れに蹴《け》り落とし、下流側へ脱兎《だっと》のごとく駆けだした。

「おい、待てっ!」

浪人が怒鳴ったが、男は振り向きもしなかった。赤子を川に突き落としたのも、浪人に追われないために、先手を打ったものだった。

はたして浪人は、追ってこなかった。

男は神田川沿いにさらに走り、浅草《あさくさ》橋の手前でようやく足を止めた。筋違《すじかい》橋から浅草橋までの十町(約一・一キロメートル)あまりの土手道に、古着屋が犇《ひしめ》いている。あと半刻(一時間)もすれば開店するが、お包みを界隈《かいわい》で売り払うのは、いくらなんでも剣呑《けんのん》だった。

男は一計を案じると、手にしていたお包みを小さく畳んで小脇に挟んだ。まだ人通りがまばらな往来を、人目につかぬよう、ゆっくりと歩いて浅草方面へ向かった。

浅草寺《せんそうじ》裏手にある、その筋では知られた窩主《けいず》買いまで行き、お包みと根付を売り払った。

お包みは血で汚れていたので買い叩《たた》かれたが、それでも一分。根付は驚いたことに三両の値がついた。

男は三両と一分を、その日のうちに賭場《とば》と岡場所で使い果たした。

第一章

一

大小さまざまな石材がところ狭しと積まれ、石の山と山の間を、通路が縦横無尽に貫いている。わずかに顔を覗《のぞ》かせた地面も、ことごとく石の欠片《かけら》や粉塵《ふんじん》に覆い尽くされていた。

草木すら碌《ろく》に生えていない石の回廊、およそ命あるものとは無縁な光景が、信じがたいことに、雑踏犇く東両国広小路《りょうごくひろこうじ》に隣接した大川《おおかわ》沿いの東西二町、南北半町ばかりの細長い土地に、ぽっかりと拡がっていた。

公儀の石置場である。

幕府開闢《かいびゃく》以来、石材の貯蔵施設として活発に利用されてきたが、需要が絶えて久しい今では、石の墓場も同然だった。

それでも公儀の御用場であるがゆえに、人が立ち入ることは滅多になく、見廻《みまわ》りの役人の姿を見かけることも稀《まれ》だった。

もしそこへ盛場の喧騒《けんそう》が届いて来なければ、石の壁で外部と完全に遮断された異世界が、町場の一角にあると誰が思うだろう……。

そして季節は真冬。

石の回廊を吹き抜ける冷たい筑波颪《つくばおろし》が、もうもうと土埃《つちぼこり》を巻き上げ、灰褐色に染まった風塊が逆巻く渦となって流れていた。

その風の濁流の中に、青年が独り佇《たたず》んでいる。

背丈は六尺もあり、肩幅が広く、胸板も厚い。筋肉の鎧《よろい》を纏《まと》った逞《たくま》しい体は生気に溢《あふ》れ、見えない炎を立ち昇らせていた。

顔の輪郭自体は丸みを帯び、どこか優しげな印象を漂わせている。だが、目鼻立ちはあくまできりりと引き締まり、剽悍《ひょうかん》そのものだった。

腰には三尺あまりもある長大な朱鞘《しゅざや》の大刀を佩《は》いている。一見、侍のようで、そうと断じるには、身形《みなり》があまりにも異様だった。

着流しの袖《そで》は千切れて無くなり、裾もぎざぎざに裂けている。逞しい腕と脛《すね》が剝《む》き出しだった。

帯の代わりに荒縄を締め、伸び放題の頭髪をひとつに束ねているのは、草鞋《わらじ》の紐の切れっぱしだった。

腰の後ろに二尺ほどの木刀を差しているが、なんのためか、刀身に太い針金がぐるぐると巻きつけてあった。

どうみても青年は、野盗か山賊の類《たぐい》としか見えない。風体が異様なら、していることも奇妙だった。

青年は夜明けとともに、どこからともなく現れていた。いま陽は中天に差し掛かっている。すでに二刻《とき》は経《す》ぎていた。

その間、青年は寒風に身を晒《さら》しつつ、微動だにしなかった。通路の一点をただ見つめていた。

そこになにがあるわけでもない。石置場のどこでも見かける、石の欠片に覆われた地面にすぎなかった。

その場所は、彼にとってのみ意味をもつらしい。その証《あかし》に青年は、胸の痛みを堪《こら》えるかのように、真一文字に口を引き結んでいる。

と、ふいに、青年が前を向いたまま、瞳《ひとみ》だけをぐるりと巡らせた。

しゅっ

と空を裂く音が、筑波颪の風音に混ざったのはそのときだった。

刹那《せつな》、青年の姿が蜻蛉《かげろう》のように霞《かす》んだ――と見えたほど、俊敏な動き。青年は一瞬で後方へ向き直ったのみならず、飛んできた短刀を宙で摑《つか》み取っていた。

「鎧通し……か」

手のうちの短刀を一瞥《いちべつ》して青年が呟《つぶや》き、

「またずいぶんと古臭いものを……。爺《じじ》ぃ、墓荒らしでもやったか?」

数間先、石の山陰からゆらりと姿を現した男をからかった。

背丈は並、年は六十路《むそじ》に差しかかろうという、黒い革羽織を纏った浪人者だった。鷹《たか》のような鋭い目と、色がなく薄い唇が、男の酷薄な内面を覗《うかが》わせ、鑿《のみ》で削り取ったようにこけた頬が、さらにそれを際立たせていた。

吹き荒《すさ》ぶ強風に吹き飛ばされてしまいそうな痩身《そうしん》にもかかわらず、男は大地に根を下したようにしっかりと立ち、銀色の総髪を風に靡《なび》かせていた。

鎧通しとは戦国時代に使用された武具である。甲冑武者《かっちゅうむしゃ》に止《とど》めを刺すための実用一点張りの武具であり、享保《きょうほう》の世にあっては、すでに骨董品《こっとうひん》――それも珍品の類――と化していた。

「墓荒らしとは、相変わらず口が悪いな、兵《へい》ノ介《すけ》」

男が苦笑まじりに応じた。

「一年ぶりの挨拶《あいさつ》が、不意討ちかよ。俺もそれなりの挨拶を返さねぇとな」

いうや青年——矢萩《やはぎ》兵ノ介が、手首を軽く一捻《ひね》りさせ、鎧通しを投げ返した。

男が軽く腰を捻って、大刀の柄《つか》で鎧通しを払い落とした。兵ノ介に視線を向けたまま、体を傾けて鎧通しを拾い上げる。

「とっくに気づいておったくせに、不意討ちもないものだ」

男は兵ノ介が、おのれの気配を察していたことをいった。

「それに、その刀はなんだ？　わしの鎧通しを、よくも笑えたものだ」

慶長《けいちょう》期を境に、大刀の長さが規制されて、だんだんと短くなり、江戸中期には二尺三寸が定着した。三尺を超える大刀は、慶長期以前の鍛造であることを意味している。

「たしかに時代のついた古刀だが、大した業物だ。よく斬れるぞ」

「その刀で何人斬った？」

「さあな、忘れるほど斬った」

兵ノ介がうそぶいた。

「うん？　待て、その刀に見覚えがある」

「いつどこで見た？」

「二十年ほども前か、場所は丹沢《たんざわ》の山中」

「場所は当たっている」

「山道で迷ったとき、山賊一味と出くわした。一味の頭、熊のような大男が、その刀をぶら下げていた」

「間違いない、同じ刀だ。つまり、あんたが奪い損ねた刀ということになるな」

兵ノ介がにやりとしたが、目は笑っていない。男のどんな動きも見逃すまいと油断なく警戒していた。

「出会い頭のうえに、とにかく多勢に無勢だった。しかも鉄炮《てっぽう》を持ったのまでいた。二、三人は斬り捨てたが、頭と斬り結ぶどころではなく、退くしかなかった」

「天下に名を轟《とどろ》かせた武芸者、峯岸一鬼《みねぎしいっき》にしては、だらしねぇな」

「後日、あらためて成敗しようと取って返した。山中をくまなく捜し廻ったが、一味を見つけ出すことはできなかった」

「どうだか、怪しいもんだ」

「嘘ではない。いや、そんなことはどうでもいい。兵ノ介、きゃつを斃《たお》したのか？」

「残念だが、俺が殺《や》ったのは、あんたが出会った頭ではなさそうだ。歳が若かった」

「わしの見た頭は四十を過ぎていた。代替わりしたようだな」

「頭も手下も代が替わっていたようだが、数は多かったぜ」

「何人だ？」

「頭を含め、しめて十一匹」

「皆殺しにしたか？」

「もちろん、一匹残らず退治した」

「夜討ちでも仕掛けたか？」

「そんなことをしたら、かえって討ち漏らしてしまう。夜の山中を散り散りになって逃げられたら、それきりだ。そうならないよう、ここを使った」

兵ノ介がおのれの頭を指差した。

「もったいぶらず、さっさと答えろ」

「教えてやってもいいが、その前に訊《き》きたいことがある」

「わしに取引をもちかける気か？　百年早い」

「十八の俺が百年早いということは、四十年上のあんたでもまだ、六十年早いことになる」

「口の減らん奴だ。まあいい。なにが知りたい？　ただし、そこで果てた……」

と峯岸が、兵ノ介が最前まで見つめていた地面の一角に視線を落とした。

「お前の父を殺《あや》めた相手が誰かということなら、わしに勝たぬうちは口が裂けてもいわぬ」

兵ノ介の父・矢萩一郎太《いちろうた》は、神田のとある町道場で師範代を務める浪人だった。十年前に石置場のその場所で何者かの手にかかり、非業の死を遂げていた。

亡骸《なきがら》を見つけたのは、当時、八歳の兵ノ介だった。気づいたときは、血塗《ちまみ》れの亡骸のそばにいた。

おかしなことに、兵ノ介はそれまで自分がなにをしていたのか覚えていなかった。どうしてそこにいるのかもわからなかった。

兵ノ介は父が大好きだった。そんな父の死に衝撃を受け、亡骸を発見した前後の記憶を失ってしまったのだ。父の死に際に立ち会い、父を殺した相手も目撃したはずなのに、まったく思い出せなかった。十年経ったいまでも、そのときの記憶は甦《よみがえ》っていない。

父の葬儀が終わった頃だった。兵ノ介はなんとか記憶を取り戻そうと石置場へ舞い戻った。そこで初めて会った峯岸から、驚くべきことを告げられた。

「わしは、ここでお前の父親が殺されるのを見た」

「えっ！」

「殺した相手のことも知っておる」

「誰？　どこのどいつ？」

「知ってどうする？」

「父上の仇《かたき》を討つに決まってる」

「心がけは褒めてやる。が、子供のお前が勝てる相手ではない。死ぬとわかってい て、教えるわけにはいかぬ」

「いいから教えてよ」

「それほど知りたいか？」

「うん」

「ならばわしと勝負しろ。わしに勝てぬようでは、その男を斃すことなどできない」

「俺が勝てば、教えてくれるんだね？」

「武士に二言は無い」

峯岸が何者で、なぜ父を殺した相手を知っているのかもわからなかった。兵ノ介は峯岸こそが、父の仇ではないかと疑い、仇を討つ気持ちで挑んだ。

兵ノ介は幼少の頃から父・一郎太の指導を受け、かなりの腕前に達していた。しかも勝負といいつつ、峯岸は大刀を抜かなかった。

にもかかわらず、兵ノ介は徒手の峯岸に、木刀を掠《かす》らせることもできなかった。兵ノ介は疲れ果てて倒れた。地面を叩《たた》いて悔しがった。

すると峯岸がいった。

「お前は、なかなか見所がある。いつでも相手になってやろう。ただし、わしは武者修行の最中、江戸に立ち寄っただけだ。この足で江戸を離れて旅を続ける。お前はわしを追うしかなくなるが、それでよければついてこい」

「わかった」

兵ノ介は即答した。もっと分別がついていたら、そんな無謀な真似はしなかっただろう。前髪も取れていない小童《こわっぱ》は、幼さゆえに父の仇を知りたい一心で、後先を考えず承諾した。

その時その場から、家族にすら告げぬまま峯岸を追い、諸国を流離《さすら》う兵ノ介の日々が始まったのだった。

「あんたに勝てば、父上を殺した相手を教えるという約束を、俺は一日たりとも忘れたことはない。それは今日、あんたと勝負すれば聞き出せる」

「わしに勝てると思っているのか？」

「万に一つも負けることはない」

「つけあがるのもいい加減にしろ」

「つけあがってなどいない。いずれ、わかる。俺がいま知りたいのは、一年後の今日、ここへ来いという書置きを残して、あんたが俺の前から姿を消したその訳だ」

「一年も独りぼっちにされて、寂しかったか？」

「馬鹿をいうな。さっさと答えろ」

「弟子が先に答えるのが礼儀というもの」

「勝手に師匠面するな。弟子になった覚えはない。だいいち、あんたは俺になにも教えてはくれなかった」

「たしかに手取り足取り教えたことは一度もない。その代わりに、わしはこの身で示した。生きる術《すべ》のみならず、これ以上はない修行を積ませてやった」

「悪党を狩り、上前を撥《は》ねるのが生きる術？　これ以上はない修行だと。開いた口が塞《ふさ》がらないぜ」

「剣に長ずるには、つまるところ人を斬るしかない。善人を殺めれば罪になるが、悪党を斬れば世のため人のためになる。しかも悪党は修羅場を潜っているだけに強い。強敵と闘えば、お前も強くなる。これ以上の修行はない。そんなことにも気づかなかったか？」

「ああいえばこういい、こういえばああいい、あんた年をとって、ますます狡賢《ずるがしこ》くなったな」

峯岸は黙って聞き流した。

「まあ、いいだろう。あんたを師と認めたわけではないが、老い先短い年寄りと憐《あわ》れんで、年下の俺が先に答えてやる……」

そういって兵ノ介が語り始めた。

峯岸は迷った山道で、山賊とばったりと遭遇したがために、いったん退却せざるをえなかったが、兵ノ介は山中を移動中の一味を、先んじて発見した。樹陰に身を潜めて一味を遣《や》り過ごし、あとを尾《つ》けて棲《す》み処《か》を突き止めた。

「……翌日、一味は見張りを二人残して出かけていった。その隙に俺は棲み処に侵入して、一人をばっさり斬り捨て、もう一人を威《おど》して金の在り処を吐かせた。金は囲炉裏の灰の中に埋めてあった。しけた山賊で十両ぽっちしかなかったが、それを懐にぶっ込んだ俺は、そいつを棲み処の裏山へ連れて行って殺した」

「その者が仲間を殺し、金を奪って逃げたと見せかけるためだな？」

兵ノ介が首肯した。

「夜になって一味がぞろぞろ帰ってきた。あいつ、裏切りやがった、草の根を掻《か》き分けても捜し出せ、金を取り戻せとなった。当の本人が、とっくに亡骸になっていたとも露知らず……くっ」

兵ノ介が、思い出し笑いをした。

「裏切り者は町へ逃げたと思ったらしい。松明《たいまつ》を手に手下が六人、山を下りた。俺はこっそり殿《しんがり》にくっついて、一人ずつ始末していった」

「残るは頭を含めて三人だな」

峯岸がそらで計算した。

「たった三人、ものの数ではない。夜が明ける頃には、俺は山賊の棲み処で高鼾《たかいびき》をかいていた」

「間抜けな山賊もいたものだ」

「ふん、自分ができなかったことを、俺に果たされたのがそんなに悔しいか」

「そう思いたければ思えばいい」

峯岸が鼻の先でせせら笑い、大刀の柄《つか》を握った。

「お前の下らん自慢話も終わったことだし、そろそろ始めるとするか」

「とうとう呆《ぼ》けちまったのか？　なんで俺の前から姿を消したか、まだ聞いてないぞ」

「そうだったな。あのまま一緒にいたら、お前はいつまでもわしに甘えて、強くなれなかった。だから独りで修行を積ませたのだ」

「あんたに甘えたことなど一度もない。訊《き》いた俺が馬鹿だった。もういい、わかった」

いいながら、兵ノ介は勢い良く大刀を抜き放った。しかし、構えは取らず、右手に握った大刀をだらりとさせた。

さあ、どこからでも斬ってくれ、といわんばかりの無防備な姿だが、

「ほざいただけのことはある。一年待った甲斐《かい》があった」

兵ノ介の上達を見破った峯岸が、声を弾ませた。兵ノ介はそれすら聞こえないかのように、なんの反応も示さなかった。

峯岸が刀を抜いて青眼《せいがん》に構えを取り、

「かかってこい」

と促しても、田圃《たんぼ》の案山子《かかし》のように突っ立ったままだった。

ならばと峯岸のほうから間合いを詰めた。そこはさすが峯岸というべきか、死地へ赴く緊張の欠片《かけら》もなく、往来をぶらぶら歩むかのような軽い足取りだった。

峯岸が最後の一線を踏み越えた。

間合いを切った瞬間、青眼につけていた峯岸の刃《やいば》が光に変じた。停止していた刃が、いきなり最速へ移る、まさに目にも留まらぬ早業だった。

——斬った！

峯岸は確信した。万に一つも躱《かわ》せるわけがない。右の肩口から左脇腹へ抜けた刃に、兵ノ介が血飛沫《ちしぶき》を上げて、仰《の》け反り倒れるはずだった。

だが、まるで木枯らしに舞う風花だった。

太刀風に煽《あお》られたように兵ノ介が、ふわっと必殺の刃を躱し、さらに空を斬った刃を返す間もなく、懐へするりと入ってきた。

喉《のど》にちくりと痛みを覚えたときには、兵ノ介の太刀の切っ先が、喉仏に当たっていた。

声を出せば喉仏が動いて刃が食い込んでしまう。声を発することもできなくなった峯岸は、手にしていた大刀を足元に落とした。

それ以外の方法では伝える術がなかった。

——わしの負けだ。

二

「さあ、約束を果たしてもらおう」

兵ノ介は、大刀の切っ先を峯岸の胸に当て直した。

「お前の父を殺《あや》めたのは、時任陣八郎《ときとうじんぱちろう》という男だ」

峯岸が喉を手で摩《さす》りながら答えた。

「あんたじゃなかったのか？」

峯岸が首を左右に振った。

「時任陣八郎とは何者だ？　いまどこで、なにをしている？」

兵ノ介は矢継ぎ早に問いを重ねた。

「何者かはさておき、時任はもうこの世におらぬ。わしらが旅に出た頃には死んでいた」

「なんだと！」

兵ノ介は目を剝《む》いた。「俺を騙《だま》したのか」

「騙してなどおらぬ。わしが約したのは仇《かたき》の名を教える、それだけだ」

峯岸が、しゃあしゃあといい放った。

「俺は母と姉を江戸に残して、あんたを追った。時任がこの世にいないと知っていれば、そんな馬鹿なことはしなかった。これが騙《かた》りでなくて、いったいなんだ。許せない、ぶっ殺してやる！」

激昂《げっこう》した兵ノ介は思わず、大刀を振り上げた。

「いまわしを殺すと後悔するぞ！」

峯岸が叱りつけるように制止しなければ、本当にぶった斬っていただろう。

兵ノ介はかろうじて思い留《とど》まった。

「すぐにカッとなるところは、少しも変わっておらぬな。頭を冷やせ」

「余計なお世話だ。さっさと続けろ！」

「時任は死んだが、お前の仇がいなくなったわけではない。黒幕がいるのだ。いまも生きておる」

「ど、どういうことだ？」

「そう急《せ》くな。この話はかなり込み入っている。あの日なにが起きたか、お前も知りたかろう。そこから話すうちに、黒幕のことも、おいおいわかる」

「あんたは父上の死に様を見届けたんだな？」

「見たとも」

「だったら聞いてやる」

兵ノ介は、振り上げていた大刀をひとまず降ろした。むろん、怪しい素振りをみせたらいつでも斬れるよう、下段に構えた。

「あの日、お前はここで野試合をした」

「えっ、俺が？　誰と？」

まるで他人の話を聞かされているようだった。

「高杉隆一郎《たかすぎりゅういちろう》とだ」

「あいつとか……」

兵ノ介も知っている名前だった。

一郎太が死ぬ二月ほど前のことだった。生まれ育った神田界隈《かいわい》で餓鬼大将を張っていた兵ノ介は、本所《ほんじょ》で最強と目されていた隆一郎と、新《あたら》シ橋の袂《たもと》の河原で木刀を交えた。神田と本所の餓鬼大将同士の一騎打ちだった。

隆一郎はそれまでに相手にした誰よりも強かったが、何合か打ち合ううちに、あと一歩のところまで追い詰めた。そこへ邪魔が入った。眦《まなじり》を決して河原で木刀を振るい合う二人の子供を見た通行人が、放っておいたら危ないと割り込んできたのだ。

結局、勝負がつかないまま、その試合は終わった。兵ノ介はあくまで決着をつけようと隆一郎を捜し回った――というあたりのことまでは覚えていた。

「俺は隆一郎と再戦したのか？」

「そうだ」

隆一郎を捜し回った結果、二度目の試合が実現したらしい。

「あの試合、二度目の試合のことだ、人目に触れないこの石置場で、お前と隆一郎のみで行うことになっていたが、じつはわしは主《あるじ》に命じられ、時任とともに密《ひそ》かに立ち会っていた」

峯岸が諸国を経巡る武芸者としか思っていなかった兵ノ介は驚いた。

「あんたは主持ちだったのか？」

いまは問いを挟むなとばかり、峯岸が掌《てのひら》を立てた。

「このわしが目を奪われたほどの、子供同士とはとても思えぬ壮絶な試合だった。いま思い出しても鳥肌が立つ」

峯岸が遠い目をした。

「……試合は長引いた。朝五つ（午前八時）に始まり、決着が付いたのは半刻《はんとき》も過ぎた頃だった。お前と隆一郎は、最後に互いを打ち合い、ともに気を失った」

「相討ちだったのか？」

この問いには峯岸も軽くうなずいた。

「そこへなぜか、試合のことを知らないはずのお前の父親が駆けつけてきた。それを見た時任がにわかに殺気立った。時任もそれなりの遣い手だったが、お前の父の敵ではなかった。わしにはそれが見抜けたが、時任は身のほど知らずの馬鹿だった。馬鹿は勝手に死ぬがいい、わしは時任を止めなかった。まさか、お前の父が斬られるとは夢にも思わず……」

峯岸が長い溜息《ためいき》を吐いてから続けた。

「なんと、時任の刃を受けた刀が折れてしまったのだ」

「か、刀が折れた……」

兵ノ介は愕然《がくぜん》とした。

「それさえなければ、父上は斬られたりしなかったのか。いや、俺が隆一郎と試合さえしなければ刀が折れることも、父上が死ぬこともなかったのか……」

「刀が折れたのは不運としかいいようがない。だが、いかなる理由であろうと、闘いで果てるのは武士の本望。お前がとやかくいう筋合いではない。それに一郎太殿は、ただ討たれたわけではない」

それまで「お前の父」としかいわなかった峯岸が、敬称付きの名前で呼んでいた。

「致命傷を負いながらも気力を振り絞り、折れた刀で闘ったのだ。果てる前に時任に手傷を負わせた。じつに天晴《あっぱ》れな死に様だった」

兵ノ介の胸に、熱いものがこみ上げてきた。

「子供心にも感じていたが、やはり父上は強かった……」

「死なせるのが惜しいほどの遣い手だった」

峯岸がさも無念そうに唇を嚙《か》み、それきり押し黙った。

兵ノ介は洟《はな》を啜《すす》り上げて訊《き》いた。

「あんたは時任と同輩で、いずれも高杉家に属していた。主の命を受け、試合に立ち会っていたんだな？」

「その通りだ。時任は家来、わしはお抱えの指南役だった。立ち会いを命じたのは、隆一郎の父であり、かつ高杉家の当主、玄之丞《げんのじょう》だ」

話の流れから、高杉玄之丞こそが父の仇だと察しがついたが、いまひとつ、確かめておかねばならないことがあった。

「時任は、なぜ父上を斬った？」

そのときにはすでに、兵ノ介と隆一郎の試合は終わっていた。高杉玄之丞が峯岸らに命じたのは試合に立ち会うことだった。試合の結果を見届けた時任が、なぜ一郎太を殺したのか？

時任が独断でしたことなら、仇はやはり時任ということになる。

「ここでそんなことを問うようでは、お前は武家というものが、まるでわかっておらんな」

馬鹿にされたと思った兵ノ介は、目尻《めじり》を吊《つ》り上げた。

「かたや浪人の小倅《こせがれ》、かたや大身旗本の子弟、しかも高杉家は武門の誉れ高き大番《おおばん》組《ぐみ》の頭を代々務めてきた名門中の名門だ。浪人の小倅ごときと、木刀を交えるだけでも恥なのだ」

大番組は十二組あり、平時はもっぱら江戸城の警衛ならびに京大坂の在番を任とするが、いったん事あれば、侍大将として軍の指揮にあたるという、武官では最高の格式を誇っていた。家柄はむろん、武術優れたる者でなければ、就ける役目ではなかった。

むろん兵ノ介に、そんな知識はない。それでも身分の違いをいわれていることは理解できた。捨て鉢な気分で喚《わめ》いた。

「浪人は虫けらかよ。そんなにてめぇたちは偉いのか。だったら、最初《はな》から俺の相手なんかしなければよかったんだ」

「わしも武家には辟易《へきえき》している」

峯岸も不快の念を顕《あらわ》した。すぐに気を取り直して言葉を継いだ。

「野試合などするべきではないと隆一郎もわかっていたが、どうしてもお前と闘ってみたかったのだろう。それゆえ、玄之丞には隠していた。ところが、わしも理由までは知らないが……」

隆一郎が新シ橋で兵ノ介と野試合をしたことが、玄之丞にばれてしまった。

そして玄之丞は、浪人の小倅と野試合をしたことより、勝てなかったことを問題にした。

次は勝って決着をつけろと隆一郎をけしかけたばかりか、自ら隆一郎に激しい稽《けい》古《こ》をつけ、準備万端備えさせたという。

「それでも、勝負は時の運に左右される。隆一郎が不覚を取る不安は拭《ぬぐ》えない。ゆえに玄之丞は、人目に触れぬ場所で密かに試合をしろと隆一郎に厳命し、その一方でわしと時任に試合に立ち会わせた。そう、わしらはただの立会人ではなかったのだ。隆一郎が不覚をとった場合、お前の口を封じろと命じられていた」

「そんな命まで下していたのか」

兵ノ介は啞然《あぜん》とした。子供の喧嘩《けんか》に親が口を出すどころか、我が子が負けたら相手を殺せとは、正気の沙汰《さた》ではない。だが、それが武家というものらしい。

「そして試合は相討ちだった。高杉家にとっては負けたも同然だ。お前は口を塞《ふさ》がれる運命にあった。そこへ一郎太殿が現れた。ここまでいえば、もうわかるな？」

「ああ」

高杉家としては試合があった事実そのものを隠蔽《いんぺい》しなくてはならなくなった。そのためには、一郎太を生かしておくわけにはいかなくなったのだ。

「わしは命じられたときから気が進まなかった。子供を殺すなど真っ平だからな。まして一郎太殿を時任が殺《あや》めるに至っては、いくらなんでも酷《ひど》すぎると思った。こんな非道にはとても付き合っていられない。義憤に駆られたわしは、一郎太殿の次にお前を殺そうとした時任を斬り捨てた」

「そうか、時任はあんたに斬られて死んだのか」

峯岸がうなずいた。

「そして時任を斬ったとき、わしは玄之丞と縁を切り、遠くへ逃げようと心に決めた」

「あんたは玄之丞を裏切っただけでなく、高杉家にとって都合の悪い裏の事情を知っている。こんどは、あんたが危なくなったわけだな？」

「玄之丞は、お家のためなら、いくらでも非情になれる男だ」

「なるほど」

「わしは逃げるに当たって一計を案じた。まず一郎太殿の亡骸《なきがら》から懐中物と大小を剝《は》ぎ取り、あたかも辻《つじ》斬りに遭ったかのように現場を偽装した。次に時任の死骸《しがい》を、一郎太殿の大小と一緒に大川に沈めた。それから気絶した隆一郎を背負い、下谷《したや》の屋敷へ行った。そこで玄之丞に時任が一郎太殿を殺めたこと、現場を偽装したことまでは事実を伝えたが……」

矢萩一郎太を殺した時任は、次に兵ノ介を手に掛けようとした。にわかに気絶から醒《さ》めた兵ノ介が、刃《やいば》を掻い潜って逃げた。時任は兵ノ介を追ったが、なかなか戻って来ないので、一足先に隆一郎を屋敷へ連れ戻した。

「……ということにした。その嘘を玄之丞は信じた。わしは時任を捜しがてら、もう一度、現場に見落としがないか確かめてくると称し、ここ、石置場に舞い戻った。というのは、わしは逃げるに当たり、お前も一緒に連れて行くことにしていたからだ。ところが、石置場は黒山の人だかりになっていた。お前はまだいたが、連れて行くどころではなかった」

兵ノ介はそれまで黙って聞いていたが、口を挟まずにはいられなかった。

「あんたは、そのときから、俺を旅に連れ出そうと考えていたのか？」

「そうせねば、せっかく救った命が無駄になる。いっても信じないだろうが、わしはお前に、仇《かたき》を討たせてやろうとも思っていた。そのためにわしは、お前が再びここへやって来るのを辛抱強く待った。結局、お前と会えたのは三日後だった」

「与太話はもうたくさんだ」

兵ノ介は大刀を翳《かざ》して峯岸に詰め寄った。刃を峯岸の首筋に這《は》わせ、額と額がくっつきそうになるまで顔を近づけた。

「玄之丞が黒幕だというのは嘘ではないな？」

「神に誓って、本当だ」

峯岸が、真っ直ぐ目を見て答えた。峯岸の信心など当てにはならないが、その目は嘘を吐いているようには見えなかった。

兵ノ介は身を引き、手首を捻《ひね》って大刀を鞘《さや》に戻した。

「仇の名がわかれば、もうあんたに用はない。どこぞの空の下で、勝手に野垂れ死にするがいい」

「血気に逸《はや》るな。無為無策では、玄之丞を討ち漏らすぞ」

「ここを使うまでだ」

兵ノ介は、おのれの頭を指差した。

「読み書きも満足にできぬくせに」

峯岸が鼻に皺《しわ》を寄せて笑った。兵ノ介は江戸にいたときには寺子屋へ通っていたが、旅に出てからは学問どころではなかった。手習いを受けた期間は、せいぜい半年足らずだった。

「読み書きができるできないは、頭の作りとは関係ない」

兵ノ介はすかさず反論したが、

「玄之丞はそこらの武家——腰に差した大刀によろけるような雑魚《ざこ》とはまったく違う。家来も大勢いる。しかも粒揃いだ。間抜けな山賊のようなわけにはいかぬ。下手を打てば、お前が返り討ちにされる」

峯岸が忠告を繰り返した。

「俺はあんたと縁が切れて、せいせいしている。二度とその面は見たくない」

兵ノ介は捨て台詞《ぜりふ》を吐き、肩で風を切って歩きだした。

遠ざかっていく兵ノ介の背を見送りながら、峯岸はにやりとした。

——図体《ずうたい》はでかくても、ああいうところはまだまだ餓鬼だな。だが、返り討ちに遭うほどの馬鹿でもあるまい。むしろいい薬になりそうだ。いずれにせよ、わしの目論見《もくろみ》通りに事は動きだした……。

十年前、この石置場で隆一郎と兵ノ介の試合を見たときから、峯岸は心に抱いていた。いつかまた、いずれ劣らぬ剣の才に恵まれた二人を闘わせることを。

ずば抜けた才能を持っているだけでは剣の極意に達することはできない。剣の道はそれほどまでに険しい。

なにより必要なのは『敵』であり、好敵手の存在こそが、才能が開花するかどうかの鍵《かぎ》を握る。

隆一郎と兵ノ介なら、互いに好敵手となりえる。それも生涯で一度、出会えるかどうかという、最上の好敵手同士に。

あの二人が競い合えば、いまだかつて誰も達しえなかった高みを極めることも夢でないと、峯岸は二人の試合を見て直感した。そして自分が果たせなかった野望を二人に託すことにした。

兵ノ介の当面の『敵』となり、江戸から遠ざけるように仕向けたのも、すべてはそのためだった。

兵ノ介を玄之丞の魔手から護《まも》ると同時に、諸国を経巡り悪党狩りをさせることで、兵ノ介を鍛え上げたのだ。

兵ノ介はついに、おのれを越えた。機は熟した。

――玄之丞ごときは、所詮《しょせん》、道端に転がった石ころにすぎぬ。お前の真《まこと》の敵は隆一郎だ！

峯岸にとって、兵ノ介に仇討《あだう》ちをさせることも、己《おの》が野望達成への最初の一歩でしかなかった。

三

それから五日後の夜、五つ半（午後九時）も過ぎた頃。

丸に一本杉の家紋が入った提灯《ちょうちん》を頼りに、城側からやって来た一挺《いっちょう》の武者駕籠《かご》が、神田川に架かる和泉橋を渡ろうとしていた。

陸尺《ろくしゃく》が四人で担ぐ立派な駕籠にもかかわらず、供侍も陸尺と同じ四人しかいない。その四人で駕籠の前後左右を護っていた。

一行が橋の中ほどに差し掛かったときだった。橋の袂《たもと》にふっと人影が湧いた。一行の殿《しんがり》を歩いていた侍へ、するすると忍び寄った。

腰を低くしていてもわかる大きな人影は、兵ノ介だった。

しめしめとほくそ笑んでいる。今朝方、同じ一行が城へ向かったときには、供揃えが二十人もおり、ちょっとした大名行列だった。草履《ぞうり》取りや挟箱《はさみばこ》持ちも混ざっていたが、大半は侍で槍《やり》持ちも二人いた。

それに比べれば裸同然、すでに仇は仕留めたようなものだった。

兵ノ介は殿の侍の背に張り付くと、後ろから手を廻《まわ》して侍の口を塞《ふさ》ぐと同時に、首根に手刀を打ち込んだ。

一撃で気を失い、ずるずると崩れる侍の体を、兵ノ介は橋板の上にそっと横たわらせた。

一行は異変に気づいた様子もなく、暢気《のんき》に歩みを進めている。

——ざまあねぇ。山賊より間抜けだぜ。

兵ノ介は腹の中でせせら笑うと、木刀を抜いて疾駆した。大刀を使わないのは、斬れば血が流れるからだ。橋板が血で濡《ぬ》れると、足を滑らせないとも限らない。

橋板を踏み鳴らす、けたたましい足音に、後棒を担いでいた二人の陸尺が、ぎょっとして振り向いた。

兵ノ介は木刀を右へ左へ素早く振って、二人の陸尺の脇腹をそれぞれ打った。

「うぎゃっ」

と陸尺が悲鳴を重ねてその場に蹲《うずくま》った。駕籠の後端が橋板の上に落ち、
がったーん
と重い音を響かせた。

「曲者《くせもの》だ！」

駕籠の右側を護っていた侍が叫んだ。持っていた提灯を放り出し、慌てて大刀の柄袋《つかぶくろ》を外しにかかった。

「なんなら手伝ってやろうか？」

兵ノ介はからかいながら、侍の脳天を木刀で一撃した。ぴーんと背筋を伸ばした侍が、そのままの姿勢で、反転しながら欄干を乗り越えた。

ばっしゃーん
派手な水音が上がった刹那《せつな》、駕籠の左手にいた侍が、抜いた大刀を上段に構え、打ちかかってきた。

「うおりゃーっ」

なかなかの太刀筋だが、兵ノ介には通用しなかった。侍斬り下ろしの一閃《いっせん》を、ふわっと躱《かわ》した兵ノ介は、侍が吹き飛んだ。が前のめりになったところを、下から木刀ですくい上げた。顎《あご》の骨が砕ける鈍い音がして、侍が吹き飛んだ。

間髪を容《い》れず、前棒の陸尺の一人が、果敢にも体を丸めて突進してきた。

兵ノ介は横へ半歩動いてそれを避《よ》け、真横を走り過ぎていく陸尺の背を思い切りどついた。陸尺が勢いよく欄干にぶつかり、頭を強く打って昏倒《こんとう》した。

もう一人の陸尺は、とうにいなくなっていた。近くにある武家屋敷へ救いを求めて走ったようだが、兵ノ介は気にもしなかった。

そんなことより、もう一人いるはずの侍が気になっていた。四人の警護の侍を、三人まで戦闘不能にしたが、あと一人が見当たらない。

そういえば、襲撃を仕掛けて以来、一度も見ていなかった。

――まさか主《あるじ》を見捨てて逃げたのか？

兵ノ介が訝《いぶか》ったとき、提灯が燃え尽きて、あたりが急に暗くなった。

それを待っていたかのように、駕籠の引戸が開いた。兵ノ介に勝るとも劣らぬ大きな影が、ぬらりと出てきた。

――こいつが玄之丞か。

間合いは開いていたが、兵ノ介は思わず踵《かかと》で後退《あとずさ》りした。顔も見えない影でしかないが、漂わせている雰囲気が尋常ではない。息苦しくなるほどの圧迫感があった。

玄之丞が相当な遣い手であることは間違いない。それまで駕籠から出ずに静観していたのも、おのれの剣技によほど自信があってのことだろう。

——爺《じじ》ぃと、いい勝負とみたが……。

兵ノ介は玄之丞の腕前を、峯岸一鬼と互角と読んだ。峯岸に勝ったから、玄之丞にも勝てるとはいえなかった。

玄之丞は未知の敵だ。どんな太刀筋を使うのかもわからない。またこれほどの遣い手なら、独自に編み出した技のひとつやふたつ、身につけていてもなんの不思議もなかった。

『返り討ち』という言葉が、頭をよぎった。兵ノ介はにわかに緊張した。

しゃらり

小気味のいい音を響かせて、玄之丞が大刀を抜き放った。銀色の刀身が夜目にも鮮やかな光を放つ。

玄之丞がゆったりと中段に構えた——と思いきや、足裏を滑らせて右肩を前へ出し、柄を握っていた上下の手を素早く入れ替えた。さらに刃を垂直に立てる。

兵ノ介も木刀を左手に移し、空いた右手で大刀の柄を握った。

──左利きか。いや、そうとも限らない。

構えを逆に取ることで相手を困惑させるのが、狙いとも考えられた。

──げっ、いつの間に。

背後に気配が湧いていた。姿を消していた四人目の侍だろうか？　玄之丞に気を取られた隙に、まんまと忍び寄られていた。

いくら父の仇《かたき》に意識を傾中していたとはいえ、気配を感じさせることもなく接近するとは只者《ただもの》ではない。それも驚いたことに、いつでも刃《やいば》を浴びせられる近間まで迫られていた。

それまで相手にした三人の侍とは、明らかに別格だった。

兵ノ介は直感した。高杉隆一郎だ！

記憶にはないが、隆一郎との試合は相討ちだったと峯岸から聞いていた。自分と互角の力の持ち主である隆一郎が、この十年でどこまで腕を上げたかと思うと、不気味としかいいようがなかった。

まさに前門の虎、後門の狼──兵ノ介は、絶体絶命の窮地に立たされた。

しゃっ！

この世で最後に聞くことになるかもしれない音を耳にした瞬間、兵ノ介の頭の中は真っ白になった。

なぜそうしたのか、自分でもわからない。体が勝手に動いた。兵ノ介は玄之丞の前へ、大きく踏み込んでいた。

背中を太刀風がなぶり、目の前で火花が弾《はじ》け散った。

玄之丞の渾身《こんしん》の一撃を、兵ノ介は木刀で跳ね返していた。ただの木刀なら叩《たた》き斬られていたが、兵ノ介の木刀はただの木刀ではない。太い針金が巻きつけてあった。

そんなことをしていたのは、二尺しかない木刀に重みを加えるためだった。鍛錬を目的としてのことだが、それならそれで、もっと重くて長い木刀を使えば良さそうなものだろう。兵ノ介があえてそうしなかったのは、別に訳があった。

その木刀は一郎太の手作りだった。長さが二尺しかないのも、当時八歳の兵ノ介の体に合わせたからだった。

父の形見となった木刀を、兵ノ介は体に合わなくなっても捨てる気にはなれず、鉄片を巻きつけてでも、使い続けてきたのだった。

その木刀が、兵ノ介を救った。父の子への想いと、子の父への想いが、絶体絶命の窮地を覆していた。

「そんな馬鹿な」

玄之丞が呆然《ぼうぜん》と声を発した。それこそ木刀ごとぶった斬るつもりで浴びせた渾身の一撃を跳ね返されてしまい、さしもの玄之丞も度を失っていた。

兵ノ介はその隙に、するすると斜め後方へ退いた。追い討ちをかけるように隆一郎が放った横薙《よこな》ぎの一閃を、体を沈めてやり過ごした。

――うん？

頭の上を通り過ぎた大刀の風切り音に、いまひとつキレがない。互角と見ていた隆一郎の手筋は、予想よりも遅かった。しかも隆一郎は空振りした勢いで、体を泳がせていた。

――いまなら斬れる。

兵ノ介は、大刀に右手を走らせた。だが、その手が大刀の柄に届く寸前、

「うおおおおーっ」

玄之丞の裂帛《れっぱく》の気合が耳朶《じだ》を打った。なんと玄之丞は宙に舞い上がり、隆一郎を飛び越えて兵ノ介に刃を叩きつけようとしていた。

直前まで玄之丞が隆一郎の向こう側にいたのを把握していた。兵ノ介にとって隆

一郎は、玄之丞への盾ともなっていたのである。

その玄之丞が、隆一郎に同士討ちにされる危険を顧みず、捨て身の攻撃を仕掛けてきていた。

兵ノ介は後方へ跳び、いったん難を逃れるしかなかった。

「なにっ！」

着地の瞬間、思わぬことが起きた。欄干のそばに倒れていた陸尺《ろくしゃく》に足首を摑《つか》まれていた。

「ええいっ！」

陸尺が力を振り絞り、兵ノ介の足を引き寄せた。兵ノ介はたまらず、ぐらりとよろけた。欄干に体を預けて倒れまいとしたが、背丈六尺の兵ノ介には欄干が低すぎた。

あっと思った時には、欄干を乗り越え、川へ逆落としになった。

神田川の流れは速い。水面に顔を出したときには、かなり下流まで押し流されていた。

和泉橋の上が煌々《こうこう》と明るくなっていた。提灯《ちょうちん》を掲げた人影がたくさん見える。逃げた陸尺が、人を呼んで戻ってきていた。

「くそっ！」

兵ノ介は木刀で水面を叩いて悔しがった。

四

——やはり、こうなってしまったか。

予想した通りの展開に、兵ノ介は心の中で嘆息した。

昨夜は、新シ橋の下に潜り込んで夜を明かした。ずぶ濡《ぬ》れで寒さに震えたせいもあるが、絶好の機会を逃した悔しさで一睡もできなかった。

柳原《やなぎわら》の土手道に、葦簀《よしず》張りの古着屋が店開きするのを待って着物を購《あがな》い、濡れた衣服と着替え、さらに笠《かさ》も手に入れ、下谷にある高杉家の様子を探りに来たという次第だった。

表門の番人は以前の倍に増え、裏門にも人員が配置されていた。

二千坪はあろうかという屋敷の四辺は、ただでさえ梯子《はしご》がなくては乗り越えられない高さ二丈（約六メートル）、しかも忍返《しのびがえ》しが付いた塀で囲まれている。それがいまでは塀外の巡回まで行われ、蟻の這《は》い出る隙もなくなっていた。

屋敷の外周を一回りした兵ノ介は、屋敷から離れ、表門を遠目に見通せる場所まで移動した。

通行人に紛れて待つほどに、表門が左右に開いて、城へ向かう玄之丞の駕籠《かご》の一行が、しずしずと現れた。

供の数はざっと二十人だったが、それ以外にも、往来を一行と同じ方向へ進む通行人の中に、身形《みなり》は町人でも、足運びと鋭い目付きから明らかに武士と思《おぼ》しき者が混ざっているのを、兵ノ介は見逃さなかった。

そうと気づいたとたん、そばを行き交う通行人まで怪しく思えてきた。

和泉橋で襲撃した際、面体を見られている。笠で顔を隠していても体格で怪しまれる。屋敷はむろん、玄之丞の動向を監視することすら難しくなったことを兵ノ介は悟った。

——そのうちまた機会が訪れる。父の仇を突き止めるだけで十年かかった。しばらく身を隠してほとぼりを冷ますくらい、なんでもない。

兵ノ介は自分にいい聞かせ、気持ちを切り替えた。すでに高杉家の関係者に、目をつけられているかもしれない。あたりを気にしながら、ひとまず浅草方面へ向かった。

歩いているうちに、どうせ身を隠すなら、しばらく江戸を離れたほうがいいかもしれないと思い始めた。

となると、江戸を離れる前にひとつだけ、どうしてもしておきたいことがあった。

――ひと目でいいから、母と姉に会いたい。

突然、消息を絶ったまま、十年間も不在にしていたことを詫《わ》びたかった。

二人のことを忘れたことは一日たりともない。恋しくて、なんど帰ろうと思ったことか。

とくに一年前、峯岸と別れてからは、その思いが強くなった。

どうせ峯岸とは、期日がくるまで、相見《あいまみ》えることはない。ならば、どこにいても同じだったからだ。

それでも兵ノ介が、流浪の暮らしを続けたのはただの意地だった。心配をかけた母と姉のもとに、おめおめと手ぶらで帰りたくなかったのだ。

父の仇《かたき》は突き止めた。もう意地を張る必要もない。懐かしさの募る我が家は、橋《はし》本町《もとちょう》二丁目にある。兵ノ介は進路を変えて浅草御蔵《おくらまえ》前通りへ出た。南へ下って浅草橋を渡り、旅人宿が軒を並べる通りへ入ると、最初の四ツ角を右へ折れた。ほどなく橋本町の町並みが見えてきた。足が自然と速くなった。

兵ノ介が育った仕舞屋《しもたや》は、二丁目の裏通りに面していた。すぐそこまで来たときには、胸が波打っていた。

どんな顔をして玄関先に立てばいいのか。出て来た母か姉に、なんと声を掛ければいいのだろうか。そもそも俺だと気づくのか。気づかなかったら、俺だよ、兵ノ介だよ、とでもいうのか。俺だとわかったとして、母と姉はどんな反応を示すのか。泣くのか、怒るのか、それともとっくに俺のことを死んだものと諦《あきら》めていて、幽霊が出たと脅《おび》えるのか——。

思いは千々に乱れた。

「ごめんください」

玄関先から掛けた声は、うわずっていた。

「はーい、いま出ます」

若い女の声だ。姉ちゃんだ！

「どちら様ですか？」

ほどなくして玄関先に現れた女の顔は、涙で霞《かす》んでよく見えなかった。

「俺だよ、兵ノ介だよ」

兵ノ介は着物の袂《たもと》で涙を拭《ぬぐ》いながら答えた。

「兵ノ介さま？　どちらの兵ノ介さまでしょう……」

「だから」

いいかけて、兵ノ介は絶句した。女の顔がはっきりと見えていた。

ころころと太った娘。はっきりいって十人並み以下の、お多福。

姉の志津《しづ》は男勝りのちゃきちゃきした性格で、喧嘩《けんか》ばかりしていた。認めるのは悔しいが、顔立ちは整っていた。

十年は長い。が、いくらなんでもこうはならない。志津ではない。別人だった。

黙り込んだ兵ノ介に娘が問いを重ねる。

「家をお間違えになったのでは？」

そんなはずはない。

「十年前まで、この家に住んでいた」

合点したように、お多福がうなずいた。

「うちがここへ引っ越したのが、ちょうどその頃です」

「その前に、住んでいた人たちは？」

「たしか浅草あたりに移られたと聞いてます」

「浅草のどこ？」

「さあ、そこまでは」

と娘が済まなそうな顔をしたが、

「差配人の十兵衛《じゅうべえ》さんに訊《き》けば、わかるかも」

思い出したようにいった。

なるほど、その手があったか。

「かたじけない」

兵ノ介は礼を述べて踵《きびす》を返した。店賃《たなちん》を届けに行ったことがあったので、場所は知っている。さっそく十兵衛の家を訪ねた。

十兵衛は在宅だった。訪《おとな》いを請うとすぐに本人が玄関先に現れた。

「ご無沙汰《ぶさた》しております。矢萩兵ノ介です」

兵ノ介は十兵衛を覚えていたが、

「えーと、矢萩さん、矢萩さんねぇ……」

十兵衛は宙を睨《にら》んで、ぶつぶつと呟《つぶや》いた。「ああ、あの矢萩さんか。で、あなたが兵ノ介さん……ええっ！」

驚いた十兵衛が、まじまじと兵ノ介の顔を見た。それからこくんこくんとうなずいた。

「たしかに面影がある。それにしても、いままでどこに？」

説明したら話が長くなる。兵ノ介は問いを被《かぶ》せた。

「母と姉は、どこへ引っ越したのですか？」

「あんたがいなくなったあと、いろいろあって……」

と十兵衛が教えてくれたのは、浅草ではなく、そのずっと手前、神田佐久間町《さくまちよう》三丁目にある『一元《いちげん》』なる酒問屋だった。

「母と姉はそこで住み込みで働いているのですか？」

「うん、まあ」

なぜか十兵衛が言葉を濁す。それから突き放すようにいった。

「わしに訊くより、自分で確かめたほうがいい」

兵ノ介は、いても立ってもいられなくなった。

佐久間町までせいぜい八町（約八八〇メートル）足らずだ。ここで十兵衛を問い詰めるより、すぐに向かったほうが手っ取り早い。場所の見当を教えてもらうと、兵ノ介は慌しく十兵衛の家をあとにした。

下谷方面に向かうことになる。どこに高杉玄之丞の配下が目を光らせているかしれたものではなかったが、走らずにはいられなかった。

新シ橋を渡って藤堂《とうどう》家の屋敷へ向かう角を左に折れ、さらに二町を駆け抜けた。

一元は間口五間のなかなかの店構えだが、兵ノ介には屋号が染め抜かれた暖簾《のれん》しか目に入らなかった。暖簾を跳ね上げて店内へ飛び込んだ。

「いらっしゃいませ」

広い土間の奥に帳場があり、そこに番頭風の初老の男が座っていた。

「それがし、矢萩兵ノ介と申すが……」

兵ノ介が来意を告げ終わらぬうちに、

「い、いまなんとおっしゃいました？」

その男――初対面の男が、驚いたように問い返した。

「矢萩兵ノ介です」

耳が遠いのかと思った兵ノ介は、一段と声を大きくした。

「矢萩一郎太さまのご子息の？」

兵ノ介は首肯した。相手が知っているなら話が早い。

「こちらに母と姉がお世話になっていると伺い、やって来ました」

「い、いま、呼んで来ます。少々、お待ちを」

男が鳥が飛び立つように慌しく帳場を出て、奥へ続く廊下へ消えた。

兵ノ介は足踏みをしながら待った。しばらくして廊下の奥が騒がしくならなければ、断りもなく上がり込んでいたかもしれない。

若い女が足音を蹴立《けた》てて駆けてきた。

「姉ちゃん！」

こんどは別人ではない。志津だった。

背丈こそ高くなっているが、目鼻立ちは十年前とあまり変わっていない。可愛かった少女が、年頃の器量良しに育っていた。

「兵ノ介？　兵ノ介なのね」

志津が、あと数歩のところで足をもつれさせた。兵ノ介は腕を伸ばして支え、助け起こした。

ばしっ
いきなり不意討ちを食らった。頬を張られていた。

「馬鹿、馬鹿、馬鹿！」

あとは声にならなかった。志津が兵ノ介の胸に顔を埋《うず》めて、わっと泣きだした。

こんなときなのに、兵ノ介は気恥ずかしくなり、志津の肩を摑んで体を離した。

「母上は？」

涙に濡《ぬ》れた志津の目を見て訊いた。そのとたん、志津が棒を呑《の》んだように固まった。

「母上になにかあったのか？」

問いには答えず、志津がくるりと踵を返した。

「ついて来て」

兵ノ介は草鞋《わらじ》の紐《ひも》を解《ほど》いて板の間へ上がり、志津のあとを追った。

志津の背中が硬い。ただならぬ様子が見てとれる。兵ノ介の胸に暗雲が垂れ込めた。

階段を上がってすぐの二階の一間だった。母の郁江《いくえ》は六畳の座敷の真ん中に敷かれた寝具の上で眠っていた。

――これがほんとうにあの母上なのか……。

兵ノ介が目を疑ったほど郁江は頬がこけ、顔色も蠟《ろう》のように白かった。

「病気だったのか……」

兵ノ介は、郁江の枕元にへたりこんだ。

「気苦労が祟《たた》って、寝込んでしまったの」

「いつから？」

「あんたがいなくなってすぐ」

「じゅ、十年も」

「ずっと寝たっきりってわけじゃない。床を離れることもある。でも一月続けばいいほうで、また寝込んでしまうの」

志津が抑揚のない声で続ける。

「父上を亡くしてただでさえ気落ちしたところへ、あんたまでいなくなった。母上がこうなったのは当たり前よ」

「ごめん、姉ちゃん、母上も、ほんとうにごめんなさい」

兵ノ介は畳に手をついて謝った。

「どこでなにをしていたのよ！　そもそも、なんでいなくなったりしたの」

問いではなく、罵声《ばせい》だった。

「姉ちゃん、じつは」

と切り出したものの、その先が続かなかった。

十年もかけて、やっと一郎太の仇の名を突き止め、仇討《あだう》ちを仕掛けたが失敗してしまった。これから江戸を離れて出直しの機会を計るつもりだ——そんなことまで志津に語って、いいものだろうか。

男勝りの姉のことだ。一緒に仇を討つといいだしかねない。志津を危険な目に遭わせたくはない。足手纏《まと》いにもなる。

兵ノ介が、口をもごもごさせていると、志津を呼んでくれた初老の男が、廊下に現れ、遠慮がちに声をかけてきた。

「志津さん、ちょっとよろしいですか？」

「はい、どうぞ」

志津の許しを得て、男が座敷の隅で膝《ひざ》を揃えた。兵ノ介に向かっていう。

「さきほどは失礼致しました。突然のことで驚いてしまい、名乗るのも忘れていました。あらためてご挨拶《あいさつ》をさせていただきます。一元の番頭で作久蔵《さくぞう》と申します。よろしく御見知りおきのほどを」

「突然押しかけたほうが悪いのです。こちらこそ、どうぞよろしく」

「主《あるじ》ものちほど、ご挨拶したいと申しております」

「承知しました」

「母上はまだ目を覚ましそうもないし、おじさんにも聞いてもらったほうがいい。あんたがこの十年、どこでなにをしていたか」

志津が口を挟んだ。

「姉ちゃん、それは……」

肉親にも明かせない事情を、他人《ひと》に語れるわけがない。兵ノ介は尻込《しりご》みしたが問答無用とばかり、志津が頭ごなしにいい放った。

「ごちゃごちゃいってないで、さっさと来なさい！」

志津の気魄《きはく》にたじろいだ兵ノ介は、

「は、はい、姉上」

蚊の鳴くような声で応じた。

五

——いったい、なに者だ？

兵ノ介は、腹の底で訝《いぶか》った。一階の奥座敷で一元の主・伝兵衛《でんべえ》と対座して、一通りの挨拶を終えたところだった。

伝兵衛は五十がらみで、固太りした体がどっしりと大きく見える。かなりの身代を窺《うかが》わせる高価な紬《つむぎ》の着物を、すっきりと着こなしていた。

ようするにいっぱしの商人として申し分のない貫禄《かんろく》を備えているのだが、しかし、兵ノ介はそんな伝兵衛になんともいいがたい違和感を覚えていた。

ふと、ある光景が脳裏に浮かんできた。

上州《じょうしゅう》のとある宿場町の煮売屋の店先で、立ち食いをしていたときのことだった。手下を引き連れたやくざの親分が、兵ノ介の前を通り過ぎていったことがあった。

上州は荒くれ者が多い。いかにもそれとわかる、やくざ然とした親分なら、記憶にも残らなかったであろう。

その親分はまったく違った。まるで町名主か商家の主のような温厚な面立ちで、擦れ違う町の人たちに、親しげに声を掛けては腰を屈《かが》めて会釈していた。

その親分が、上州でも一、二と目されるナントカ親分だと、煮売屋の女将《おかみ》に教えられて驚いたものだが、それはそれで納得もした。

強面《こわもて》の手下たちとの対比で親分の温厚さが際立って見えたが、それを差し引けば、町名主か商家の主にしては、貫禄がありすぎたのだ。

伝兵衛には、その親分を髣髴《ほうふつ》とさせるところがある。顔や姿形ではなく、身に纏《まと》った雰囲気がよく似ている。

――そうか、そういうことか。

すとんと腑《ふ》に落ちた。伝兵衛は堅気ではない。表向きは酒問屋の主でも、裏の社会に通じている。たぶん、町の顔役かなにかだ。

兵ノ介は暮らしに困った母と姉が、商家に住み込みで雇われているのだろうと思っていた。それなら別にどうということもないが、伝兵衛が堅気ではないとすると、話は変わってくる。なぜ、母と姉はこんなところにいるのか？

兵ノ介はそのあたりのことを探ろうと思ったが、

「で、なにをやってたの？」

伝兵衛の隣に膝を並べていた志津が、痺《しび》れを切らしたように訊《き》いてきた。

「それが、姉ちゃ……いや、姉上、あまり話せることもなくて」

「は？」

「覚えてないんだ」

「え？」

志津が目を白黒させた。

「どうして江戸を出たのかも、いまだに思い出せないんだよ」

兵ノ介は記憶を失った事実を都合良く織り交ぜて、嘘の経緯《いきさつ》をでっち上げた。

気がついたら、知らないところに独りでいた。自分の名前もわからなかった。たまたま峯岸という侍に拾われた。それから一緒に旅をした。一月前に突然、記憶が甦《よみがえ》った。戻った記憶は一部だけで、自分と家族に関することくらいだった。その記憶を頼りに江戸へ戻って来た……。

「そういう話、記憶を失くした人の話を、聞いたことがあります」

伝兵衛がふむふむとうなずいたが、

「たしかに父上が亡くなってから、あんたは変だった。父上の亡骸《なきがら》のそばにいたのに、なにが起きたかも覚えてなかった。でも、あのときは自分が誰なのかくらいは、ちゃんとわかっていたわ」

志津は鋭く突っ込んできた。兵ノ介は背中に冷や汗を掻《か》きながら嘘を重ねた。

「あのあとで、もっとひどくなったんだ。とにかく、この十年、俺は自分が誰かもわからなかった」

「それで私たちや父上のことまで、忘れてしまったの？」

「うん」

「そうなの……。あんたも大変だったのね」

志津がようやく納得した。兵ノ介は伝兵衛へ向き直った。

「父上とは、いつ知り合ったのですか？」

「お亡くなりになる、少し前です」

「どういう経緯で？」

「……奥歯に物が挟まったようなことをおっしゃらず、ずばりお訊きになっても構いませんよ」

兵ノ介が母、姉との関《かかわ》りを質《ただ》そうと、遠回しに問いかけをしていることを、伝兵衛は察しているようだった。

「てへっ、ばれてたか」

兵ノ介は頭を掻いた。では遠慮なくとばかり、伝法な口調で伝兵衛に問いをぶつけた。

「俺が知りてぇのは、母上と姉上が堅気とは思えねぇ、あんたのやっかいになってるその訳だ」

「兵ノ介、いくらなんでも失礼よ！」

眉《まゆ》を吊《つ》りあげた志津を、伝兵衛がまあまあといなした。

「すっかりお見通しのようでござんすね」

伝兵衛がおどけた口調でいい、膝を崩して襟元を緩めた。

「初めて会ったときから、一郎太様に、ぞっこん惚《ほ》れ込みました。浪人なされているにもかかわらず、いまどきのお武家が忘れてしまった侍の矜持《きょうじ》というものを、きちんと持ち合わせておられた」

ざっくりとした説明だったが、伝兵衛がいいたいことはよくわかった。いわゆる『男が男に惚れた』というもので、男同士の関係にこれ以上のものはない。しかも惚れた理由がふるっている。一郎太には、侍の矜持があったと伝兵衛は認めていた。一郎太に対するこれ以上の賛辞もない。

大好きだった父を褒められて、兵ノ介は嬉《うれ》しくなった。伝兵衛のことも、悪い人ではなさそうだと思った。

「だから一郎太様のご家族が暮らしに困っているのを、放ってはおけなかった。といっても、別に大したことはしてません。それに志津さんは働き者で、おまけにこの通りの別嬪《べっぴん》さんです。志津さん目当てに客がわんさかくる。いまではうちの大事な看板娘です」

「おじさん、もうそれくらいにして」

志津が頬を赤らめ、伝兵衛の肩をぶった。そんな仕草ひとつにも、伝兵衛に対する信頼が溢《あふ》れている。

それが後押しになった。志津がそこまで心を許している相手なら、自分がつべこべいう必要はない。世の中には善人面をして裏で悪事を働く奴らがごまんといる。

伝兵衛のほうが、はるかに増しというものだった。

兵ノ介は畳に手をついて頭を下げた。

「伝兵衛さんのお蔭《かげ》で母上たちが、路頭に迷わずにすみました」

「いやいや、本当に大したことはしてませんよ」

伝兵衛が謙遜《けんそん》した。「そんなことより、兵ノ介さんも、ここを我が家と思い、志津さんたちと一緒に暮らしたらどうです。私はちっとも構いませんよ」

「そうなさいよ。どうせ行く当てもないんでしょ」

と志津も薦めた。

母と姉に会ったら、そうそうに江戸を立ち去るつもりだったが、二、三日なら出立を遅らせても問題はないだろうと、兵ノ介は思い直した。

「お言葉に甘えて、しばらくご厄介になります」

「しばらくって、そのあとはどうするの？」

「また旅を続けるつもりだ」

「なにいってんのよ、母上のことはどうするつもり？」

「姉ちゃんや、伝兵衛さんがいる」

「母上のことが気にならないの？」

気にならないわけがない。できることはしようと思った。

「これからは、ときどき様子を見に江戸へ戻って来る」

「どうやって食べていくの、ていうか、どうやって食べてきたの？」

「さっき話した峯岸という人は、武者修行の旅をしていた。知る人ぞ知る剣客で、行く先々の道場や、時には大名家にも食客として迎えられた。俺もそのお零《こぼ》れにありついたのさ。峯岸さん、いや峯岸先生とは一年前に別れたが、それからは俺も独りで、同じようなことをして暮らしてきた」

するすると嘘が出た。峯岸を「先生」と呼ぶだけでも、口が腐りそうだったが。

「さすがに大名家の食客は無理でも、意外となんとかやってこられた。それに俺はまだ当分は、武者修行の旅を続けたいんだ」

「蛙の子は蛙ね。あんたも父上のように剣の道で生きていきたいのね。でも、せめて一月くらいはいなさいよ」

兵ノ介は心の内で詫《わ》びながら、首を横に振った。

「はあー」

志津がやるせない溜息《ためいき》を吐いた。

「しばらくいるうちに、気が変わることもある。そのときは兵ノ介さん、遠慮なく」

伝兵衛が取り持つように言葉を継いだ。

「はい、その節はよろしく」

兵ノ介は、とりあえず同意した。

「そろそろ、母上が目を覚ます頃ね。早く喜ばしてあげようよ」

志津が思い出したのを機に、会話を打ち切った。

第二章

一

――あいつさえいなくなればいい。ずっとそう願ってきたのではなかったのか。和泉橋で襲われたとき、あいつが暴漢に殺されるのをただ見ていればよかったのに、なぜ俺は余計な手出しをしてしまったのか。

屋敷内に設けられた道場の見所《けんじょ》に座した高杉隆一郎は、そのことばかり考えていた。

あいつとは、父・玄之丞のことである。そう呼ぶのは玄之丞を憎悪していたからだった。

隆一郎が三歳のときに、両親が住まいを別《わ》けた。別居に至るまで夫婦仲が険悪になった経緯は、幼かった隆一郎には説明されなかったが、我儘《わがまま》で尊大、お家とおのれの出世しか頭にない玄之丞に、母・朱鷺《とき》が愛想を尽かしたせいだと、いまの隆一郎には容易に想像がつく。

別居に際して玄之丞は、一粒種の隆一郎を手元で養育したがったが、朱鷺は頑として譲らなかった。結局、玄之丞が折れた——というのは玄之丞が婿養子だからだと、朱鷺と一緒に本所の控え屋敷に移った女中のひとりが、玄之丞への悪口を取り混ぜて教えてくれた。

それまでにも、父親らしい愛情をかけられた記憶はひとつもなく、笑顔を向けられたことすら皆無だった隆一郎は、玄之丞がいなくても、少しも寂しいと感じなかった。むしろ優しい母と水入らずで暮らせることに満足した。

そばにいたくなかったほど父を嫌った母の影響もたぶんにあるだろう。物心ついた頃には、隆一郎も父を毛嫌いするようになっていた。

それに拍車をかけたのが、月に一度か二度、下谷の屋敷へ呼び出されることだった。それも、たまさかの父子の時を楽しもうというものではなく、剣の稽古《けいこ》のためだった。

控え屋敷へ移った隆一郎は、父が雇った、とある剣客から、個人指導を受けていた。その成果を着実に身につけているかどうかを確かめるのが目的だった。

その確かめ方が異常だった。玄之丞自ら、隆一郎の相手をした。大の大人がいっさい手加減をせず、年端のいかぬ子供を容赦なく打ち据えた。

隆一郎が上達ぶりを示しても褒めることはなく、まだその程度かと罵倒《ばとう》した。隆一郎にとっては、屋敷への呼び出しは、恐怖以外のなにものでもなかった。

しかも八歳を過ぎてからは、もっと酷《ひど》い仕打ちを受けることになった。というのも、大番組は十二組のうち四組が、大坂か京都にそれぞれ二組ずつ交代で一年間、着任する決まりになっていた。それを上方在番と称するが、三年ごとに順番が巡ってくる。実際、隆一郎が五歳のときにも、玄之丞は京都に行き、江戸にはいなかった。その一年は天国だった。

またその天国の日々が訪れるとしか、隆一郎は思っていなかったが、玄之丞に無理矢理、大坂へ連れて行かれたのだ。月に一度か二度でも辛《つら》かった生活が毎日になった。毎日が地獄に変わった。

あらかじめ父母の間で、八歳になったら隆一郎を上方在番に同行させ、それを機に玄之丞の許で養育するという取り決めが交わされていたのかもしれない。やっと一年が過ぎて江戸へ戻ったときも、朱鷺のほうから、隆一郎を返せとはいってこなかった。

そのことで隆一郎は、母親の愛情すら信じられなくなった。裏切られたと思った。

母親すら信じられなくなった反動も加わり、隆一郎はいつしか、高杉家の家督が我が物となる日だけを夢見るようになっていた。これまでさんざん味わってきた苦労を思えば、五千石の旗本家を継いだ程度の見返りでは、足りないくらいだった。

道場では、防具を付けた二十人近い者ども、いずれも玄之丞が仕切る大番組の配下衆が、激しく竹刀を打ち合っている。

隆一郎は彼らの指導を一任されていた。立場上、身を入れて指導に当たらなくてはならないが、目には入っても心ここにあらずで、詰まらない紙芝居でも眺めているみたいだった。

――あいつが殺されたら、大身の旗本、それも大番頭ともあろう者が深夜の路上で暴漢に襲われ、不覚を取ったことになる。もし、それがお上に知れたら家は改易になる。俺はそうなるのを怖れたのか？

いや、そんなことはどうとでもなる。

「当家の主《あるじ》、高杉玄之丞は急の病を得て身罷《みまか》りました」

そう目付に虚偽の届出をしさえすれば、なんの問題もない。それだけで済んでしまい、五千石の高杉家が、そっくり懐に転がり込んでいた。

二十歳にも満たない嫡子では、役までは継がせてもらえまいが、それも何年か経つうちには叶《かな》えられる。俺ほどの逸材は滅多にいない。

——まさにいいこと尽《ず》くめだったのに、なんで俺は、余計な手出しをしてしまったのか。

答えが出るどころか、また振り出しに戻った。暴漢に襲われてから、はや十日になるが、隆一郎は嫌になるほど、堂々巡りを繰り返していた。

「くそっ」

腹立ちまぎれに吐いたおのれの声で、隆一郎は我に返った。脇に置いていた竹刀を鷲《わし》づかみにして立ち上がった。

潮が引くように配下衆が左右に割れて道場の端へ整列した。

「お前」

と、竹刀の先で指す。「相手をしろ」

「はっ」

隆一郎に指名された者が、竹刀を腰の脇につけ、

「景山兵庫《かげやまひょうご》、よろしくお願いします」

名乗って一礼した。

「いちいち名乗るな！」

配下衆はともすると、覚えを目出度《めでた》くしようと名乗りたがる。隆一郎には煩わしいだけだった。

「はっ」

景山を含め、配下衆が声を揃えた。隆一郎は防具をつけていなかったが、

「遠慮は無用！」

怒鳴るように景山にいいつけ、つかつかと歩み寄っていった。

「きえーっ」

怪鳥《けちよう》の啼声《なきごえ》のごとき気合を発した景山が床を蹴《け》った。上段に振り被《かぶ》った景山の竹刀が唸《うな》りを発した刹那《せつな》、隆一郎は無造作に竹刀の先を斜めに上げた。

まるで隆一郎の竹刀の先が、景山を吸い込んだかのように、ぴたりと突きが決まった。

「ぐえっ」

景山が喉《のど》を押さえて蹲《うずくま》った。

「次っ！」

「それがしが」

いち早く声を上げた者が進み出た。竹刀を前へ突き出し、死に物狂いで体ごとぶ

つかってきた。

隆一郎は足払いで転がし、起き上がろうとするところを、強《したた》かに打ち据えた。頭のてっぺんを打たれた相手が、床に突っ伏してぴくぴくと痙攣《けいれん》した。

「次っ」

「はっ」

そこから最後の一人を捌《さば》くまで、ほんの一時しか要さなかった。大番組の配下衆はなにより武芸を求められる。いずれも猛者《もさ》が揃っていたが、隆一郎にとっては、田圃《たんぼ》の案山子《かかし》でしかなかった。

「つまらん」

少しは苛立《いらだ》ちが治まるかと思ったが、無駄に汗を掻《か》いただけだった。所詮《しょせん》は八つ当たりでしかない。気が晴れるわけもなかった。

隆一郎は心のどこかで、おのれの苛立ちの本当の原因に気づいていた。それを認めたくないばかりに堂々巡りを繰り返し、あげく自分に苛立っていたのである。

そもそも隆一郎は、玄之丞を救うために暴漢に斬りかかったのではなかった。暴漢は大男で、袖《そで》や裾《すそ》がぼろぼろに裂けた着物を纏《まと》っていた。もし着物を纏っていなければ、大きな山猿が江戸に紛れ込んだとしか思わなかっただろう。

提灯《ちょうちん》が消える前に顔はちらりと見たが、年の頃もよくわからず、いずれにせよ見たことのない男だった。

そして恐ろしく強かった。素早い動きは、まさに山猿も顔負けだった。

闇に紛れて身を隠し、成行きを見守っているうちに胸が疼《うず》きだした。こいつと闘いたい、こいつを斬り伏せたい。

だが、尋常な方法で勝てる相手ではないこともわかっていた。その一方、玄之丞は暴漢の強さに気づかず、余裕すらかましていた。

隆一郎は、そんな玄之丞を利用することにした。すなわち、玄之丞に意識を傾中している暴漢の隙を狙い、背後に忍び寄って斬りつけた。

それでも及ばなかった。

及ばなかったどころか、図らずも、暴漢の兇刃《きょうじん》から玄之丞を救ってしまった。

暴漢を自分の手で斬り伏せたいという欲望に勝てなかったばかりに、喉から手が出るほど欲しかったものが、その瞬間、指の隙間から零《こぼ》れ落ちていた。

なにもかも、おのれの浅慮が招いた結果だった。

「くそっ」

隆一郎は再び吐いて、竹刀を放り捨てた。魚河岸《うおがし》の鮪《まぐろ》のように転がった者どもを、跨《また》いで道場を出た。

廊下で繋《つな》がった母屋へ行き、長い廊下を経て玄之丞の部屋へ忍び込んだ。

床の間の違い棚に置いてあった文箱《ふばこ》を開け、中に入っていた十枚の小判を袂《たもと》へ落とすと、屋敷をあとにした。


「なんだか難しい顔をしてるけど、厭《いや》なことでもあったの？　だったらあたしが上で慰めてあげる」

若くてなかなかの美形だが、酌婦とは名ばかりの淫売女《いんばいおんな》が、うふんとしなだれかかり、その気にさせて二階の部屋へ誘い込もうとする。

女が欲しければ吉原《よしわら》へ行った。馴染《なじ》みの花魁《おいらん》もいる。隆一郎はその手の店とも気づかず、ただ酒が飲みたくて暖簾《のれん》を潜っていた。

「余計なお世話だ」

隆一郎は女を邪険に押し戻した。

「なによ、人が親切でいってるのに」

女が眉間《みけん》に皺《しわ》を寄せて毒づいた。

「なにが親切だ。お前の親切は欲得ずくだ。欲しいのは、これだけだろう」

隆一郎は女の膝《ひざ》の上に小判を一枚、放り出した。

「あら」

一転、女が笑み崩れる。

「お酌するだけで、こんなに貰《もら》っていいの？」

「いいから、もっと酒を持ってこい」

「あーい」

返事をして、女が帯に小判を押し込んだ。「でも、あとでちゃんと可愛がってね。あなたみたいな容子《ようす》のいい男《ひと》なら、商売抜きでも遊んでみたい」

女は、ぱちりと片目を瞑《つぶ》ってから、そそくさと奥の厨房《ちゅうぼう》へ消えていった。

すでに二合徳利《どくり》を三本、空にしている。酔えば忘れられると思ってのことで、玄之丞を救ってしまった後悔こそ退けることができていたが、こんどは別のことが頭から離れなくなっていた。逆に、酔えば酔うほど、和泉橋での攻防が、鮮明に甦《よみがえ》ってきていた。

――俺はあのとき、斬られていたかもしれない。

暴漢は隆一郎の初手を、玄之丞のほうへ踏み出して躱《かわ》したが、続く横薙《よこな》ぎの一閃《いっせん》からは、逃れられないはずだった。隆一郎は返し技を得意としている。返しの速さには絶対の自信を持っていた。

だが、暴漢は軽く身を沈めただけで躱した。のみならず、体を泳がせた隆一郎の、がら空きになった脇腹へ、右手一本で大刀を抜き合わせようとした。

もしあのとき、玄之丞が隆一郎を飛び越えて、暴漢に斬りかかっていなければ、

──俺は間違いなく、あの世へ逝かされていた。

杯を持った手が、かたかたと震えてきた。杯を満たしていた酒が躍るように跳ね、着物に零れて染みを拡げた。

「きゃつはいったい何者なんだ!」

隆一郎は、杯を畳に叩《たた》きつけた。

「知りたくば、教えてやろう」

声の不意討ちに、隆一郎は飛び上がって驚いた。その拍子に酒膳《しゅぜん》をひっくり返してしまうほど慌てふためいた。

「えっ?」

入れ込みの座敷は、隣席と衝立《ついたて》で仕切られていた。通路側も同じく衝立で目隠しされている。

その通路側の衝立の上から顔を覗《のぞ》かせていたのは、

「み、峯岸先生……」

隆一郎が控え屋敷へ移って以来、三歳から八歳までの五年間、個人指導を受けていた剣の師匠――峯岸一鬼だった。

峯岸と会うのは久しぶりだった。いまから十年前、隆一郎が大坂へ連れて行かれる前に峯岸は解雇され、以来、消息を聞かなかった。

その峯岸が、いまそこにいる。しかも暴漢の正体を、教えてやるという。酔いも手伝い、頭が混乱した隆一郎は、ただただ呆然《ぼうぜん》とした。

「幽霊でも見たような顔だな」

峯岸が頬を歪《ゆが》めて笑った。実際、隆一郎は幽霊を見た気分になっていたが、それでもなんとか言葉を紡ぎ出した。

「先生、一別以来、どうされていたのですか?」

なんて間抜けな問いだろうと、自分でも思った。

「お前と昔話に耽《ふけ》りに来たのではない。用件のみを伝える。玄之丞を襲ったのは矢萩兵ノ介だ」

「あの暴漢が、矢萩兵ノ介?」

隆一郎は一瞬、きょとんとした。

「二度も闘い、ついぞ勝てなかった相手を忘れたとは呆《あき》れたものだ」

「忘れたわけではありませんが……」

兵ノ介と初めて木刀を交わしたのは、八歳のときだった。新シ橋の河原で野試合をした。隆一郎は初手で兵ノ介の木刀を撥《は》ね飛ばし、止《とど》めの一撃を寸止めにした。余裕で勝った。

ところが兵ノ介は、それを負けとは認めなかった。卑怯《ひきよう》にも砂を投げて目《め》潰《つぶ》しを食らわし、隆一郎が怯《ひる》んだ隙に木刀を拾って、打ちかかってきた。

隆一郎はやむなく応戦した。見えない目で放った一撃を、兵ノ介の肩口に当てたが、隆一郎も兵ノ介の木刀を腹に受けた。互いにしばらく悶絶《もんぜつ》したあとで、打ち合いを再開しようとしたとき、邪魔が入った。

結局、勝負は流れたが、隆一郎は勝ったとしか思わなかった。

二度目の試合も、勝った相手といまさら闘うのも馬鹿らしくて、やる気が起きなかった。玄之丞に徹底的に扱《しご》かれ、疲れてもいた。気力と体力が充実していれば、相討ちになどならなかった。

それらのことを考えても、あの暴漢が兵ノ介だったとは、信じがたいことだった。

「兵ノ介ごときが、あそこまで腕を上げるはずがない。そういいたいのだろう」

峯岸が心を読んだかのようにいった。

「ええ、そんなところです。本当に、あれは兵ノ介だったのですか？」

「くどい。おのれを天が選んだ唯一無二の存在と思い込んでいるお前は、兵ノ介の強さに気づこうともしなかった。二度も闘いながら、傲慢《ごうまん》ゆえに、見えるはずのものも見えなかった。いまやその兵ノ介が、おのれを越えてしまった事実を、どうしても受け入れたくないのだ」

「うう っ」

図星を指され、唸《うな》るしかなかった。

隆一郎は武家、それも武官では最高の格式を誇る大番頭を代々務めて来た家柄に生まれたばかりに、否応《いやおう》なく剣の道を歩まされてきたが、自分でも驚くほど天賦の才に恵まれていた。

また剣こそが、玄之丞の暴力に対抗する唯一の手段でもあった。父親のように強くなりたいと子は頑張るものだが、隆一郎の場合、生きるか死ぬかの問題だった。いまでこそ玄之丞に互角まで迫り、滅多に打たれることもなくなったが、天賦の才がなければ、とっくに殺されていただろう。

それだけに、同年代で自分の域に達した者がいるはずがないと思っていた。

いずれは玄之丞を越え、さらに何者も達しえなかった高みを極め、天に輝くひとつ星となるものと信じて疑わなかった。

だが、兵ノ介は同い年だ。その兵ノ介に先を越されたということは、

――俺は浪人の小倅《こせがれ》にも、才が劣っているのか。

隆一郎の解釈ではそうなる。自尊心が人一倍強い隆一郎にとって、兵ノ介の強さを認めることは、おのれを価値のない屑《くず》に貶《おとし》めるも同然だった。

「お前程度の才を持つ者など、ごろごろいる。兵ノ介もその一人だ」

「…………」

「その程度でしかないお前が、あろうことか天狗《てんぐ》になって慢心した。あげく、だらだらと意味のない稽古《けいこ》を繰り返してきた。かたや兵ノ介は、諸国を行脚し、命懸けの修行を積んだ。修羅の道を歩んできた。そんな兵ノ介に先を越されるのは当然だ」

峯岸の言葉が、ぐさぐさと胸に突き刺さる。

「はっきりいってやろう。いまの兵ノ介は狼だ。お前は犬、それも玄之丞に飼い慣らされた犬だ。飼い慣らされた犬が、狼に勝てる道理がない」

もうそれ以上、聞くに堪えない。隆一郎は問いを挟んで矛先を躱した。

「なぜ兵ノ介は私ではなく、父を襲ったのですか？」

「それは玄之丞に問え。問うなら早くしたほうがいいぞ。早くしないと、なにも訊《き》き出せなくなる」

峯岸は、兵ノ介が再び玄之丞を襲い、討ち果たすと予告した。

「あのときは警護が手薄でした。護《まも》りを固めたいま、兵ノ介に付け入る隙はありません。むしろ来るなら来ればいい。返り討ちにするまで」

隆一郎は心にもないことをいった。こんど兵ノ介が襲ってきたら、余計なことは一切せず、場合によっては加勢してやってもいいとすら思っていた。

「大勢で迎え撃てば、兵ノ介を斃《たお》せると思っているようだが、それも甘い考えだ。兵ノ介は悪知恵が働く。とにかくお前は、玄之丞を護ろうなどと決して思うな。そばにいるだけでも危ない。巻き添えを食って、お前も死ぬ」

「いくら先生のお言葉でも、馬鹿げているとしかいいようがない」

「師の忠告も耳に入らぬか。まあいい。あの世で親子ともども悔やむがいい」

「そんなことより、先生」

隆一郎は話の腰を折った。

「先生は、兵ノ介とどんな関りがあるのですか？　そもそも先生は、兵ノ介のことを知らなかったはず。それにしてはやけにお詳しい。いや、詳しすぎます」

隆一郎の師でありながら、兵ノ介との試合に関して、峯岸は蚊帳の外に置かれていた。

「それも玄之丞に訊け」

と峯岸が繰り返した。さらに、

「わしは伝えるべきことはすべて伝えたが、聞く耳を持たぬようだ。お前たち親子とは、二度とこの世で顔を合わせることはあるまい。これでさらばじゃ」

いうだけいうと、さっさと身を翻した。

「待って下さい。まだ訊きたいことが……」

隆一郎は慌てて追った。衝立越しに覗《のぞ》いた通路に、すでに峯岸はいなかった。戸口まで出て外を見回しても、影も形も消えていた。

「あとは、あいつに訊くしかないか」

隆一郎はそのまま店を出て、酔いに足をふらつかせながら、下谷の屋敷へ引き返した。

二

「なにっ、峯岸一鬼と会っただと」

高杉玄之丞が目を瞠《みひら》いた。

「はい、父上」

隆一郎は、はきはきと答えた。本当は顔を合わせるのも厭《いや》だった。

よく似ていると人からいわれる。玄之丞は四十代半ば、その年齢に達したとき、自分はこんな顔になるのかと思うだけで虫唾《むしず》が走る。いかめしいだけで、中身の伴わない男の顔に。

だがいまは、猫を被《かぶ》って我慢するしかない。父上と呼び、敬語も使わなくてはならない。

「先生は、暴漢の正体を私に伝えに来られました」

玄之丞が身を乗り出した。

「誰だ？」

「矢萩兵ノ介です」

「……そうか、矢萩兵ノ介だったのか」

玄之丞は、どこか納得した風情だった。なぜ峯岸がそんなことを伝えてきたのかと、不思議がるでもなかった。

「峯岸先生は、こうもおっしゃいました。兵ノ介が父上を襲った理由は、父上に訊けと」

「ううむ」

玄之丞が腕組をして考えた。

「兵ノ介の父、矢萩一郎太が、辻《つじ》斬りに遭って殺されたのは知っておるか？」

「いえ」

初耳である。名前と町道場の師範代を生業《なりわい》にしていたことしか知らなかった。

「なにをどう誤解したか、兵ノ介はその下手人がわしだと思い込んでおるらしい。ほかにはわしが狙われる謂《いわ》れがない。そうとしか考えられぬ」

「辻斬りをしたのは、父上ではない？」

「馬鹿なことを申すな」

玄之丞が憤慨した。「わしがそんな真似をするわけがない。そもそも一介の浪人ごとき、歯牙《しが》にもかけぬ」

隆一郎は眉《まゆ》に唾《つば》して聞いていた。嘘だ、誤魔化しだ、そう思いつつ続ける。

「兵ノ介は、なぜ誤解したのでしょう？」

「矢萩一郎太が殺されたのは、お前が兵ノ介と二度目の野試合をしたあとだった。そこになんらかの因果関係があると、勝手に当て推量をしたのだろう。それでわしを仇《かたき》と思い込んだようだが、なんとも迷惑な話だ」

「あととは、正確にはいつです？」

「さあ、忘れた」

都合が悪いので誤魔化した感じがあった。おそらく、試合のすぐあとだったと思われた。

「辻斬りに遭った場所は？」

「うーむ、どこだったかな」

これも惚《とぼ》けられた。いい加減にしろと思ったが、隆一郎は顔には出さなかった。

心の内では、すでに確信していた。矢萩一郎太の死に、玄之丞は確実に関わっている。自ら手を下さないまでも、人を使って辻斬りの仕業に見せかけ、殺害させたのだ。

――だが、なぜそんなことを？　そうか、口封じだ。

玄之丞は平生から、浪人など武家でもないと蔑《さげす》み、同じ人間とすら思っていない。隆一郎に兵ノ介との再戦をけしかけたとき、人目に触れない場所で試合をしろと厳命したのも、身分違いの相手と我が子が試合をすることを恥じ、世間の目から隠すためだった。

隆一郎も試合の前日、兵ノ介に会って試合を申し入れた際、親にもいうなと兵ノ介に釘を刺した。あとは隆一郎が勝ちさえすれば、かりに試合があったことを矢萩一郎太に知られても、なんの問題も起きないはずだった。我が子が敗れたことを、矢萩一郎太が世間に喧伝するとは、まず考えられないからだ。

だが試合は相討ちという、高杉家にとって不名誉な結果に終わった。そのことを矢萩一郎太に知られるのを怖れた玄之丞が、先んじて口を封じたに違いなかった。

ただその場合、口封じという意味では、真っ先に殺されなければならなかったのは兵ノ介だ。なのになぜ、殺されなかったのか？

あらたな疑問が湧いてきたが、訊いたところで、玄之丞が素直に打ち明けるとは思えなかった。

「どうかしたか？　隆一郎」

いけない。間を空け過ぎた。

「いえ、父上を仇と狙っているのが兵ノ介とわかったいま、なにか手立てはないものかと考えておりました」

玄之丞が愁眉《しゅうび》を開いた。

「たしかに状況が変わった。また襲われる前に、手を打つこともできるな」

「そういうことです。兵ノ介を見つけ出し、誤解を解くこともできましょう」

誤解を解くという件《くだり》は、玄之丞がでっち上げた話を踏襲しただけで、平和的な解決などありえないことは承知の上だった。

「いや、兵ノ介は聞く耳を持たぬだろう。振りかかる火の粉は払わねばならない」

はたして玄之丞は、兵ノ介の抹殺を仄《ほの》めかした。

「いずれによ、まず兵ノ介の居場所を突き止めるのが先決です。その役目、私に命じて下さい」

隆一郎は、兵ノ介を手駒に使い、玄之丞を亡き者にしようとすでに決めていた。そのためには兵ノ介に関する情報を自分の手で摑《つか》み、押さえておく必要がある。

「やってくれるか？」

「父上のためなら喜んで」

歯が浮くような台詞《せりふ》が平気でいえた。

「任せよう。ただし、居場所を突き止めるだけでよい。手柄を焦るような真似はするな」

兵ノ介に単独で挑むなということだが、いわれるまでもない。いま兵ノ介と闘っても勝てる自信はまったくなかった。

いずれ兵ノ介と闘うとしても、その前にもっと技を磨かねばならないし、それもこれも、兵ノ介が玄之丞を仕留めてからのことだ。

「承知しました」

「ところで峯岸は、ほかにもなにか申していなかったか？」

お前なんかに、教えてやる気はない。

「とくにこれといって」

「いま、どこに住んでいるとも？」

「これでさらばじゃ、と立ち去りました。なにか気にかかることでも？」

「いや、別に。去ったならそれでいい」

隆一郎ですら、わざわざ峯岸が、兵ノ介のことを告げた理由に疑問を抱いている。去ったならそれでいいはずがなかった。

——こいつと峯岸先生との間にも、俺が知らない、なにかがあったようだな。

そのなにかと、峯岸が十年前に解雇された――少なくとも、玄之丞からそう聞いている――ことは間違いなく関連している。

隆一郎はそのことも心に留め、腰を上げた。

「さっそく取りかかります。では」

三

ちょうど同じ頃、一元の裏庭で大刀を振るいながら、兵ノ介は考えていた。

――このままじゃまずい。どうすりゃいいんだ？

考えていたというより悩んでいた。

かれこれ十日にもなるのに、伝兵衛の家に留《とど》まっている。しばらくのつもりが、ずるずると延びていた。

そうなったのは皮肉にも、郁江が回復の兆しを見せたからだった。

病は気からという。まさにそれで、十年も行方がわからず、生死も定かでなかった兵ノ介が戻ってきたことで、郁江は心労から解放され、日に日に元気を取り戻していた。

いまでは床から身を起こして、ちょっとした繕い物くらいは出来るようになっている。

こんなときに旅へ出たりしようものなら、郁江はまた気落ちする。せっかくの回復の兆しが水泡に帰してしまう。

郁江の前では、旅へ出ると仄めかすことすら憚《はばか》られた。

だが、玄之丞には仇と狙われるだけの覚えが我が身にある。すでに襲撃者が兵ノ介だったと推測した可能性もあった。

すぐそこまで、追っ手が迫っているかもしれないという危惧《きぐ》が、日に日に高まるなか、旅に出ることもならず、かといって留まることもならずで、兵ノ介はまさに八方塞《ふさ》がりに陥っていた。

――これでは稽古《けいこ》にもならない。

太刀筋が微妙に狂っている。心の乱れがそのまま表れていた。

このまま稽古を続けると、狂った太刀筋が身に染みついてしまう。やらないほうが増しだった。

兵ノ介は大刀を鞘《さや》に納めて諸肌《もろはだ》を脱いだ。手拭《てぬぐ》いで汗を拭《ふ》き始めたところへ、

「兵ノ介さん」

背中に声をかけられた。振り向くまでもなくわかった。なにくれとなく世話を焼いてくれている、一元の手代頭・吉次《よしじ》だった。

一元では二十人近い雇い人が働いている。いずれも名うての悪餓鬼だったのを、伝兵衛が引き取り、店で働かせていた。

志津から初めてそう聞かされたとき、いかにも裏の顔を持つ、

「伝兵衛さんらしい」

と、兵ノ介はしたり顔で応じたが、

「放っておけば、いっぱしの悪党に育ってしまう子供たちを、おじさんは厳しく躾《しつ》けて、悪事に走らせないようにしているの。そんじょそこらのやくざの親分とは、ぜんぜん違うのよ」

志津が得意げに胸を反らせたものだった。

兵ノ介は、伝兵衛の人柄が気に入っていた。やくざの親分だろうと別に構わなかった。それを聞いて、ますます好きになった。

それはともかく、三十代半ばの吉次も、かつては手の付けられないワルだったという。頬の瑕《きず》と、ときおりなにかの拍子に見せる鋭い目付きが、いまもその片鱗《へんりん》を窺《うかが》わせるが、それを除けば、どこにでもいる店者《たなもの》と変わらなかった。

──吉次さんも伝兵衛さんと出会わなければ、とっくに獄門台に首を晒《さら》していたんだろうな。

兵ノ介はそんなことを思いながら振り向いた。

「なんですか？」

「お客さまがお見えです」

「俺に客？」

厭《いや》な予感が走った。ついさっきも考えていたばかりだ。が、追っ手が客として現れるというのも、変といえば変だった。

「誰ですか？」

「峯岸一鬼とおっしゃる、ご浪人さんです」

「峯岸？」

それはそれで驚いた。なんでここへクソ爺《じじ》ぃが。

「ご本人は、兵ノ介さんの師匠だとおっしゃいましたが、ご存じない？」

吉次が訝《いぶか》った。

「いえ、まさか先生が、ここへ訪ねて来るとは思わなかったもので、つい呼び捨てに。で、先生はいまどこに？」

「客間にお通ししました。伝兵衛さまが、相手をされています」

峯岸は、ずかずかと上がり込んだらしい。兵ノ介は心中で溜息《ためいき》を吐いた。それをおくびにも出さず、

「わかりました。すぐ行きます」

吉次にいって客間へ向かった。

伝兵衛と峯岸の遣《や》り取りが廊下に漏れてくる。兵ノ介は、忍び足で客間へ近づいた。

「兵ノ介さんが大変お世話になったそうで」

「ほう、あいつがそんなことを」

「記憶を失くしてしまい、自分が誰かもわからず、知らない土地を当て所なく流離《さすら》っていた兵ノ介さんを、一緒に連れて歩き、面倒を見て下さった。兵ノ介さんからそう伺っております」

「真っ赤な嘘だ。事実とはまったく異なる」

峯岸が断言した。

しまった！　と思ったときにはもう手遅れだった。兵ノ介が腐心して構築した嘘が、峯岸のたった一言で崩れていた。

兵ノ介は、愕然《がくぜん》と立ち竦《すく》んだ。峯岸の声が耳を通り抜けていく。

「あやつと出会ったのは、両国橋近くにある公儀の石置場だった。兵ノ介はたしかに記憶を失っていたが、ほんの一部だ。自分が誰かということくらい、ちゃんとわかっていた」

伝兵衛が絶句したらしい。しばらく会話が途切れた。

「兵ノ介さんはなんでそんな嘘を？」

伝兵衛がようやく声を絞り出した。

「あやつは父親を殺した仇《かたき》を討とうしている。そのことを人に知られたくないのだろう。そんなところではないのか、兵ノ介？」

峯岸がいきなり話を振ってきた。気配を悟られていた。兵ノ介は深呼吸をしてから、唐紙《からかみ》を引いて客間へ入った。

「伝兵衛さん、嘘を吐いたことは謝ります。ですが、母や姉にはどうしても知られたくなかったのです」

「謝るより、聞かせてくれませんか。仇討《あだう》ちとはどういうことです。一郎太様を辻《つじ》斬りにした下手人がわかったのですか？」

一郎太の死の真相は、裏社会に通じる伝兵衛ですら知らなかった。

兵ノ介は覚悟を決めた。込み入った話になる。峯岸の隣に腰を下した。

「伝兵衛さんには、なにもかも洗いざらい打ち明けます」

そう前置きして兵ノ介は、高杉隆一郎との野試合――子供同士の喧嘩《けんか》――がきっかけで、一郎太が死ぬことになった経緯《いきさつ》から、十年間の不在が、仇の名を峯岸から聞き出すためのものだったことまで、包み隠さず語った。

「聞くに堪えないひどい話だ。お家の名に傷をつけない、ただそれだけのために、一郎太さまを殺すなど」

聞き終えた伝兵衛が、怒りで声を震わせた。が、すぐにその口で、しみじみと呟《つぶや》いた。「一郎太さまが駆けつけなければ、兵ノ介さんはこうして生きてはいなかった……」

兵ノ介は相槌《あいづち》を打って話の先を続けようとしたが、

「まさに一郎太殿は、命を懸けて我が子を救ったのだ」

峯岸が唐突に割り込んだ。

「その親心にわしも衝《つ》き動かされた。ほんとうなら、こやつの口を封じなくてはならなかったが、わしは高杉玄之丞を裏切り、時任を斬り捨てた。そして兵ノ介を旅に連れ出し、玄之丞から遠ざけたのだ」

興奮を冷ますように、峯岸が茶を啜《すす》ってから続けた。

「わしはこやつに、一郎太殿の無念を晴らさせてやりたかった。そのために、腕の未熟な小童《こわっぱ》を、十年掛けて鍛え上げた」

また始まったなと、兵ノ介は心のうちで苦笑した。

――爺ぃ、あんたなら一流の講釈師になれるぜ。

よっぽど茶々を入れてやりたかったが、ぐっと堪《こら》えた。しおたれた顔を作り、黙って峯岸の言葉に聞き入った。

峯岸が目的もなく、ここへ現れるはずがない。峯岸がでっち上げようとしている嘘の中に、その目的を探る手掛かりが潜んでいると考えてのことだった。

「こやつは、ついにわしから勝ちを奪うところまで腕を上げた。これならもう仇を討てる、あとは見事、本懐を遂げる姿を見届けるだけだった。そして十日ほど前の夜のことだ。こやつは、帰宅途上の高杉玄之丞を、和泉橋で襲った」

兵ノ介は驚いた。峯岸にあのときの一部始終を目撃されていたとは、いまのいままで気づかなかった。油断も隙もない爺ぃだと、あらためて痛感した。

「なんと、すでに仇討ちを遂げたと申されるので？」

伝兵衛は早合点していた。

「警護も手薄で、仇討ちにはまさに千載一遇の好機だった。それをこやつは、みすみす逃しおった」

峯岸が溜息を吐いた。

「ううっ」

兵ノ介は野良犬のように唸《うな》るしかなかった。ただでさえ失敗したことを悔やんでいる。疵口《きずぐち》に塩を摩《す》り込まれたも同然だった。

「討ち果たせなかったばかりか、二度と手出しができなくなってしまった」

峯岸がそこまで知っていたことに、兵ノ介は二度、驚いた。

「……その通りだが、まだ諦《あきら》めてはいない」

「後日を期すか？」

「ああ、いったん江戸を離れて、ほとぼりを冷ます。次は必ずやり遂げる」

「その言やよし、といいたいところだが、ならばどうしてさっさと江戸を離れぬ？」

それが出来たら苦労しない。

「そんなことをいうために、わざわざここへ来たのか？」

兵ノ介は問い返したが、峯岸は曖昧《あいまい》に笑っただけだった。

「ちょっと宜しいですか」

伝兵衛が兵ノ介に顔を向けた。「また旅に出るといっていたのは、そのことですか?」

「ええ、玄之丞は遠からず、俺が襲ったと気づくでしょう。俺がここにいると、みんなに迷惑がかかります」

「うむ」

伝兵衛が腕組をした。ややあって、意外なことをいいだした。

「旅に出るより、ここにいたほうがいい」

「なにか策があるなら聞かせてもらおう」

怪訝《けげん》な面持ちで、峯岸が促した。

「兵ノ介さんが身を隠すことからしておかしい。そうしなければならないのは、むしろ高杉玄之丞のほうではありませんか」

「たしかに非は玄之丞にある。だが、きゃつはそれゆえ、兵ノ介の居所を摑《つか》めば、必ずや刺客を放ち、襲ってくる」

「でしょうが、私がそうはさせません」

「ほう?」

「憚《はばか》りながら、この伝兵衛が一言かければ、百や二百の破落戸《ならずもの》が駆けつけてきます。刺客なんぞに、手出しはさせません」

裏社会に通じる、伝兵衛ならではの発想だった。

「そんなことをしたら伝兵衛さんが、五千石の大身旗本を敵に廻《まわ》すことになってしまいます」

やはり俺はここを離れるべきだろうと、兵ノ介は婉曲《えんきょく》に固辞したが、

「一郎太さんの無念を晴らすためなら、私はなんでもやります」

伝兵衛がいい切った。

——そこまで父上のことを想ってくれていたのか。

これには、兵ノ介も胸が熱くなった。

「五千石だろうと十万石だろうと、敵に廻す覚悟はあります。兵ノ介さんの仇討ちのことを知れば、意気に感じる手合いも大勢いる。なんだかんだで千、いや二千を味方につけるのも夢ではありません」

伝兵衛は裏社会の横の繋《つな》がりを利用して、さらに動員をかけることまで考えていた。

「実際に手勢を集めなくとも、伝兵衛殿が兵ノ介の後見についたとわかっただけで、

玄之丞は手出しを控えるだろう」

峯岸がいったが、その舌の根の乾かぬうちに、ゆるゆると首を振った。

「それはそれとして、兵ノ介が玄之丞に手出しできぬことに変わりはない」

たしかに互いに城に籠《こも》って、睨《にら》み合いを続けるようなものだ。

「それについても、考えがあります」

と伝兵衛が胸を反らせた。

「恐れながらと公儀に訴え出ればいい。玄之丞の非道を暴き立て、ついては仇討《あだう》ちの許可を願う。公儀のお墨付きを得たうえで、玄之丞に果し状を叩《たた》きつければ、玄之丞は大番頭という大層な役目に就いているだけに、立場上、受けてたたざるを得なくなります」

だが、これにも峯岸は首を横に振った。

「玄之丞の非道を暴いたところで、それが事実であると証明ができない。なにも証拠がない。一郎太殿を斬ったのは時任だが、その時任もとうに大川の底で朽ち果て、いまや骨すらなくなっているだろう。玄之丞に、いっさい与《あずか》り知らぬと突っぱねられたら、それまでだ。逆に不埒《ふらち》な訴えを起こしたと看做《みな》されてしまい、わしらのほうが公儀に咎《とが》められる。小伝馬町《こでんまちょう》の牢獄《ろうごく》にぶち込まれるくらいでは済みそうもない」

伝兵衛も峯岸の指摘で、あらためて証拠がないことに気づいたらしい。

「そうでしたね」

溜息《ためいき》を吐いて、うな垂れた。

それからも三人で、玄之丞を仇討ちの場に引き摺《ず》り出す手立てはないものかと、額を集めて考えたが、これといった妙案は浮かばなかった。

とりあえず、伝兵衛が店者《たなもの》の中からこれという者を四人選び、刺客に備えて交代で周辺の警戒にあたらせることになった。

その四人なら、理由を説明しなくても命令に従い、口止めしなくても余計なことを漏らしたりはしないと伝兵衛が確約した。

もうひとつ、これは伝兵衛が是非にと願ったことだが、峯岸も一元に滞在することになった。

——まさかとは思うが、爺《じじ》ぃが現れた目的は、江戸を離れろといいに来たのではなく、伝兵衛さんを味方につけることだったのか。

穿《うが》ち過ぎかもしれないが、峯岸ならありえる。

そんな峯岸に、目の届かないところでこそこそ動き廻られるくらいなら、近くで監視したほうがいい。兵ノ介はそう考え、あえて異議を唱えなかった。「敵は近くに置け」という兵法の教えがある。兵ノ介は兵法書を読んだこともないが、闘争者としての本能が、そのことを訴えていたのである。

峯岸との腐れ縁が続くのはうんざりだが、母のそばにいられるようになった嬉《うれ》しさが、それを帳消しにしてもいた。

四

「兵ノ介さんとは、どんなお知り合いで？」

いかにも頑固で偏屈そうな年寄り――長屋の差配人・十兵衛が、眉間《みけん》に皺《しわ》を寄せた。返答次第ではなにも教えない、とその顔に書いてある。

隆一郎は二度目の試合を申し入れたとき、兵ノ介の家を訪ねたことがあった。記憶を辿《たど》って向かってみたが、そこには兵ノ介はいなかった。

家族すら住んでおらず、いたのは十年前に引っ越してきたという町人の一家だった。応対してくれた娘から、十兵衛に問い合わせたらどうかと薦められたが、あいにく十兵衛は不在で会えなかった。

それが昨日のことで、今日で二度目の来訪である。

やっと十兵衛をつかまえて、さっそく兵ノ介の居所を訊《たず》ねてみたら、こんどはこれだった。問われたことにさっさと答えればいいものを、面倒臭いことこのうえない。

だが、頭ごなしに問い質《ただ》せば、十兵衛は貝のように口を閉ざしてしまうだろう。ここは慎重に言葉を選んだ。

「兵ノ介は子供の頃の知り合いで、泥だらけになって遊んだ仲です。ここ十年、会っていませんが、たまたま近くへ来たので、久しぶりに顔を見たくなりました」

十兵衛でなくても不審を抱く。兵ノ介はもともと浪人の身分で、先日の夜も、酷《ひど》い身形《みなり》をしていた。信じられないほど落魄《おちぶ》れていた。

それに比して自分は、誰が見ても武家の子弟、それも高格で裕福な家柄だとわかる。身分違いの二人の間に、交わりがあるほうがおかしい。十兵衛の不審は、もっともなものだった。

子供同士なら身分の垣根も低い。一緒に遊ぶこともないではなく、実際、隆一郎にもそんな経験があった。

「なるほど、そういうことでしたか」

十兵衛が、ふむふむと納得した。「それにしても、不思議なことが続くものです」

「なにが不思議なのです？」

「兵ノ介さんはいまからちょうど十年前、父親の一郎太さんが、辻《つじ》斬りに殺されたあとですぐ、神隠しに遭ったように姿を消してしまいました。以来、行方知れずになっていましたが、つい先日のことです。突然、ここへ現れて……」

家族の消息を教えて欲しいと願ったという。まるで浦島太郎《うらしまたろう》のように。

兵ノ介が十年も行方知れずになっていたと知って、隆一郎は驚いた。

「そんなところへ、兵ノ介さんがいなくなっていたことも知らなかったあなたさまが、こうして消息を訊ねておいでになった」

その偶然を、十兵衛は不思議な縁《えにし》と感じていたのだった。

「まったく不思議なことがあるものですね」

偶然でも不思議でもないが、隆一郎は大袈裟《おおげさ》に相槌《あいづち》を打った。「それを聞いて、ますます会いたくなりました。兵ノ介はいまどこに？」

「神田佐久間町三丁目の一元という酒問屋にいるはずです。兵ノ介さんとはあれきりになっております。いろいろと訊《き》きたいこともありますので、お会いになったら、私を訪ねるよう、お伝え下さい」

「承知しました」

十兵衛と別れて歩きだした隆一郎は、兵ノ介が十年も姿をくらましていた原因に、ふと思い当たった。父・矢萩一郎太が殺害されたことで、兵ノ介は次は自分の番だと悟り、江戸を離れるしかなくなったのではないか。

——そうか、そういうことか。峯岸先生は解雇されたのではなく、父に命じられて兵ノ介を追っていたんだ。

そう考えれば、兵ノ介の消息を知っていた理由も腑に落ちる。むしろそれ以外の理由は、考えられなかった。

——もしかしたら、矢萩一郎太を殺したのも先生かもしれない。

峯岸が玄之丞から命じられたのは、石置場での一件の後始末すべてだった。峯岸は矢萩一郎太の殺害には成功したものの、兵ノ介を取り逃がしてしまい、追うしかなくなったという可能性すらあった。

矢萩一郎太を峯岸が殺したかどうかは別にしても、峯岸が兵ノ介を追ったのは、もはや疑いの余地もなかった。そして峯岸が、兵ノ介を捜し当てたときにはもう、兵ノ介は手には負えないほど強くなっていたのだろう。

使命を果たせなかった峯岸は、せめてもの償いと、暴漢の正体が兵ノ介であると告げてきたのだ。

なにもかも辻褄《つじつま》が合う。納得した隆一郎は足を急がせた。四半刻《しはんとき》（三十分）足らずで『酒問屋一元』と書かれた看板が通りの前方に小さく見えてきた。

ふいに、男が店の暖簾《のれん》を割って表に姿を現した。店の前に立ち、左右に視線を走らせる。

男は『一元』と白文字で染め抜かれた黒地の半被《はっぴ》を纏《まと》った店者だった。通行人を検《あらた》めている様子から、隆一郎は咄嗟《とっさ》に通りを逸《そ》れて路地へ入った。

路地の角から顔を覗《のぞ》かせると、店者に促されるように、浪人が一元から出て来た。

遠目にも浪人が背が高くがっしりとしているのがわかった。

先日とは身形が違い、こざっぱりとしていたが、兵ノ介とみて間違いなかった。

隆一郎はあとを追うことにした。

さっきの店者が、まだあたりをきょろきょろしていたので、人混みに紛れて慎重に歩を進めた。ちょうど一元の前を通り過ぎようとしたとき、前掛け姿の町娘が暖簾を潜って出て来たのと擦れ違った。

隆一郎は思わず娘を目で追った。店者《たなもの》がいたことを思い出して、はっとした。

幸いにも店者は娘に視線を向けていた。「志津さん、どちらへ？」と問いかけなから、娘を追っていった。

ちらりとしか見なかったが、娘はたしかに人目を惹《ひ》く綺麗《きれい》な顔立ちをしていた。なにが楽しいのか、零《こぼ》れるような笑みを浮かべていた。気立ても良さそうで、男なら誰でも振り向きたくなる、いい女だった。

しかし、そんなことは言い訳にもならない。おのれともあろう者が、娘――それも町娘ごときの容姿に気を取られるなど、あってはならないことだった。

隆一郎には許婚《いいなずけ》もいる。時の老中の次女で、隆一郎が二十歳になったら、嫁に迎えることになっている。それこそが、おのれに相応《ふさわ》しい相手であり、身分の低い町娘など一顧だにするべきではなかった。あげく周囲の状況すら忘れてしまうとは……。

なにより自分で自分が許せなかった。隆一郎は、娘のことを頭から締め出して尾行に専念した。

浪人が向かったのは、小伝馬町の牢《ろう》屋敷にほど近い、一元からは七町ほど離れたところにある、黒板塀に取り囲まれた建物だった。

浪人が門扉のない門を潜った。それを見届けてから、隆一郎は建物に近づいた。門の奥に、塀と同じ黒板の建屋が見えた。住居とは思えない、倉庫のような素っ気ない作りだった。

さらに近づくと、戸口の脇に『片岡《かたおか》道場』なる板看板が下がっているのが目に入り、竹刀を打ち合う音も聞こえてきた。

隆一郎は兵ノ介の父親が、町道場の師範代を務めていたことを思い出した。どうやらここがその町道場のようだった。

隆一郎は門を入り、用心深く道場の脇へ廻《まわ》った。連子《れんじ》窓があったので、そこから中を覗き込んだ。

ざっと十人ほどが、入り乱れて稽古《けいこ》をしている。たかが町道場のわりには熱気があり、門弟たちもよく鍛えられていて、なかなかの粒ぞろいだった。

あとをつけてきた浪人を探すと、道場主らしき白髪の老人――道場名から察するに片岡だろう――と並んで、見所《けんじょ》に腰を下していた。

二人でなにごとか会話を交わしていたが、ふいに片岡が前へ向き直って声を張った。

「やめよ！」

門弟たちが、いっせいに稽古の手を止めた。

「ここにおるのは、かつて我が道場の師範代を務めていた矢萩一郎太の息子で兵ノ介だ」

片岡が紹介した。やはり浪人は思った通り、兵ノ介だった。

「矢萩兵ノ介です。よろしく」

立ち上がって挨拶《あいさつ》した兵ノ介に、

「よろしく」

門弟たちが声を揃えて応じた。片岡が続ける。

「兵ノ介から、お前たちに頼みがあるそうだ」

「なんでしょう？」

門弟の一人が訊《たず》ねた。

「一度に二人ずつ、相手になって下さい」

と兵ノ介が答えた。どこからともなく、どよめきが上がった。

「俺たちも舐《な》められたもんだな」

中には憤慨する者もいた。

騒ぐなとばかり片岡が右手を掲げた。門弟たちはいったん静まったが、

「半殺しにされても文句はいいません。本気を出して下さい。手加減されると、稽古にならないので」

兵ノ介がいうや、

「なんだと」

「舐めるのも、いい加減にしろ」

怒号が飛び交い、道場は蜂の巣を突《つつ》いたような喧騒《けんそう》に包まれた。

「ということで、よろしく」

兵ノ介が、ぺこぺこと頭を下げながら門弟たちをかき分け、道場の真ん中に立った。

いかにも人を食った態度である。しかも兵ノ介は徒手で、防具も付けていなかった。

それがますます門弟たちの怒りを煽《あお》ったのはいうまでもなく、門弟たちが肩を怒らせて兵ノ介を取り囲んだ。

兵ノ介の前面に位置していた二人の門弟がいちはやく進み出て、竹刀を構えた。

「すみません、お一人は後ろに」

前後を挟む形にしてくれと、兵ノ介がそれにも注文をつけた。

兵ノ介が和泉橋での攻防を再現し、対応策を練ろうとしていると、隆一郎にはわかったが、二人の門弟にとっては侮辱でしかなかった。

「もう我慢ならん」

「後で吠《ほ》え面《づら》をかくな」

二人は口々に吐き捨て、兵ノ介の注文を無視して、いっせいに打ちかかった。

兵ノ介の向かって右側の門弟は突きで喉《のど》を、左側の門弟は上段からの面打ちを狙っていた。いずれも当たれば悶絶《もんぜつ》くらいでは済みそうにない、鋭い一閃《いっせん》だった。

だが兵ノ介は、風にそよぐ柳の枝のようにふわっと右へ動き、ぎりぎりの見切りで二本の竹刀を躱《かわ》した。のみならず、真横を通り過ぎていく、突きを放った門弟の襟首を摑《つか》んで止めると、反転させて背中を押した。そうして前後に挟まれる形を、強引に作り上げた。

「こなくそ！」

「どりゃーっ」

兵ノ介に軽くあしらわれた二人は、ますます逆上した。我を忘れて兵ノ介に殺到した。

ともに上段からの打ち下ろしだった。前後から落ちてきた竹刀を、兵ノ介はこれもまた、ぎりぎりの見切りで掻《か》い潜った。

ふいに標的を失った二人は、互いを避《よ》けきれず、正面からまともに激突した。

ぐしゃっと厭《いや》な音がして、まわりで見ていた門弟たちが顔を背けた。

激突した二人の門弟が、抱き合うようにして、ずるずると崩れ落ちた。

道場が水を打ったように、しんと静まり返った。

「さてと」

兵ノ介が倒れた門弟の腕を掴み、二人まとめて道場の端まで、ずるずる引き摺《ず》っていった。

門弟たちは声もなく見守っていたが、兵ノ介が道場の中央へ戻ってくるや、気を取り直した。

「次は俺がいく」

「俺もだ」

こんどは最初から、兵ノ介の前後に位置する二人が名乗りを上げた。

同輩の醜態を見ていただけに、二人は慎重だった。ともに青眼《せいがん》につけて間合いをとり、兵ノ介の隙をうかがった。

兵ノ介が二人に対して真横に体《たい》を開くと、二人は足並みを揃え、素早く回り込んで、兵ノ介の前後になる位置を保った。

先に動いたのは兵ノ介だった。右足を前に滑らせた。

前方にいた門弟はこれを誘いと読み、青眼の竹刀を左横へ寝かせただけだったが、
ばんっ
床板を蹴《け》って、もう一人の門弟が、兵ノ介を背後から襲った。その門弟も竹刀を水平に構え直していた。

見事な連携だった。二人は同士打ちを避ける工夫をつけると同時に、兵ノ介を仕留める策まで講じていた。

これでは兵ノ介も、逃れようがない。隆一郎の目にもそう映った。

はたして後方からの胴を、兵ノ介は膝《ひざ》を畳んで身を沈めて遣《や》り過ごした。しめたとばかり、前方の門弟が反応し、踏み出して竹刀を振るった。

兵ノ介はまんまと二人の術中に陥った――はずだったが、ここでありえないことが起きた。なんと、竹刀が兵ノ介の体を摺り抜けていた。

門弟たちが、どっとどよめいた。

「そんな馬鹿な！」

隆一郎も、上げてはならない叫びを発していた。慌てて連子窓から離れ、足音をさせずに走った。道場の門を抜け、最初の角を折れて脇道へ入った。

幸いにも、隆一郎の叫びを聞きつけた者はいなかったらしい。追ってくる足音は

なかった。

隆一郎は、ほっとして足を止めた。さっき見たことを振り返った。

——そういえば、妙な音を聞いたような……。

兵ノ介が背後からの攻撃を、膝を畳んで躱したすぐあとだった。濡《ぬ》れ手拭《てぬぐ》いで板を叩《たた》いたような音を聞いた。

——あの音は、なんだったのか？　まさか、いや、ほかには考えようがない。

兵ノ介は、ただ膝を畳んだのではなかった。初手を遣り過ごした直後、さらに後方へ転び、二本目の竹刀も躱してから、床を手で叩いて起き上がった。

転んでから膝を畳んだ姿勢に戻るまでの動きがあまりにも速く、また予想を超えた動きだったので、あたかも竹刀が体を摺り抜けたように錯覚させられたのだ。

と、理解できたものの、まだ信じられなかった。およそ人間業とは思えなかった。

だが、兵ノ介は、たしかにやってのけた。事実は否定できない。受け入れるしかなかった。

——いまの俺では、兵ノ介の足元にも及ばない。

心が折れた。眩《まぶ》しい物を直視したときのように、視界が白く霞《かす》んできた。

気がついたら帰途を辿《たど》っていた。まるで悪夢の中を彷徨《さまよ》っているかのように、足が重かった。

五

「若様、少しは良くなりましたか？」

その声に隆一郎は、天井に向けていた視線を移した。高杉家の用人《ようにん》・村井半十郎《むらいはんじゅうろう》が、隆一郎の枕元に座っていた。

数百石取りの旗本家なら、用人の地位もさしたるものではないが、五千石ともなると、大名家の家老にも匹敵する。村井は先代の主《あるじ》にも仕えていた高杉家の重鎮で、隆一郎が幼い頃は守役も務めていた。

そのせいもあり、七十に手が届こうとしているいまも、村井はその頃の気分が抜けないらしく、老人特有のしょぼしょぼした目には、孫を案じるような色があった。

一昨日、屋敷へ戻った隆一郎は、なにもする気が起こらず、寝てばかりいた。風邪をひいたと思われて、寝床を離れずにいても不審がられることはなかったが、隆一郎のほうでも祖父のように慕っている村井に、ここまで心配されると、なんだか気の毒になってきた。

「爺《じい》、もうすっかり良くなった」

「おお、それはようございました」

村井が顔を綻《ほころ》ばせた。「ですが、まだ無理は禁物ですぞ」

隆一郎は、寝床から起き上がって、首を右へ左へと廻《まわ》した。

「うん、大丈夫だ」

もともと体調が悪いわけではない。村井の不安を取り除くための芝居だった。

「腹も減ってきた」

食欲が湧かなかったので、碌《ろく》に食べていなかったが、久しぶりに空腹も覚えていた。

「すぐに支度させましょう」

「粥《かゆ》はもう飽きた。食べるのもここではなく、居間にする」

「承知しました」

と村井が、足取りも軽く部屋を出ていった。隆一郎が着替えてから居間へ向かうと、ほどなく女中が朝餉《あさげ》の膳《ぜん》を運んできた。

滋養をつけさせたいのだろう。膳には、飯と味噌汁《みそしる》、鯵《あじ》の干物のほかに生卵が添えられていた。

食事を終えると、村井が現れた。隆一郎が綺麗《きれい》に膳を平らげたのを見て、満足そうにうなずいた。

「外の空気を吸ってくる」

「きょうは晴れて、いつもより暖こうございますが、くれぐれも……」

「無理はしない、庭をうろつくだけだ」

村井にいって、隆一郎は庭へ下りた。澄み渡った青空を見ているうちに、屋敷の外を歩きたくなった。

隆一郎は大小を取りにいったん部屋へ戻り、屋敷の前の通りに出た。近所をぶらぶらするだけのつもりが、なぜか足が片岡道場へ向いた。

兵ノ介はきょうも稽古《けいこ》をしているだろう。見に行けば、またぞろ兵ノ介の強さを目の当たりにして自信を失ってしまいそうだが、いわゆる怖いもの見たさなのか、そうせずにはいられない心持ちになっていた。

片岡道場に着くと、先日と同じように、連子窓から中を覗《のぞ》き込んだ。

二十畳足らずの狭い道場に、十五、六人の門弟が芋を洗うように犇《ひしめ》き合っていた。門弟たちの間に混ざっても、兵ノ介なら頭ひとつ抜けているはずだが、それらしい頭は見当たらなかった。

——きょうは来ていないのか。無駄足だったな。

兵ノ介がいないなら、こんなところにいても仕方がない。隆一郎は来たそうそう踵《きびす》を返した。

ぱぱぱぱ、ぱんっ

太鼓の乱れ打ちのような連続音を耳にしなければ、振り返りもしなかっただろう。

連子窓の向こうで人影が宙を舞っていた。三人が、三方へ飛び散っていた。

ぱぱっ、ぱぱぱんっ

さらに音が続き、こんどは門弟たちの一角が、雪崩をうって崩れた。それで見通しが利くようになり、隆一郎の視界に兵ノ介の姿が入った。

竹刀を両手に握った兵ノ介が、低く構えて駆け回っていた。まるで門弟たちの間を風が吹き抜けるように。

体の動きはまだしも識別できたが、竹刀の動きは、隆一郎の視力をもってしても捉《とら》えられなかった。

兵ノ介の竹刀の先が、ぴくんと揺れるたびに人が弾《はじ》け飛ぶ。瞬《まばた》きを二、三度繰り返す間に、門弟たち全員が薙《な》ぎ倒された。

隆一郎は、ごくりと生唾《なまつば》を飲み込んだ。一昨日、二人を相手にする稽古を始めた兵ノ介が、いまや十五、六人を纏めて手玉に取っていた。

音を立てて、血の気が引いた。膝《ひざ》から力が抜け、連子窓が上へ遠ざかった。それでも、誰かが近づいてきたのは気づいた。

「峯岸先生、どうしてこんなところに？」

「飛んで火に入る夏の虫とは、まさにお前のことだ。まんまと罠《わな》に嵌《は》まりおったな」

それを聞いた瞬間、隆一郎は悟った。

「兵ノ介と、ぐるだったのか！」

玄之丞と峯岸の間でなにかが起き、関係がこじれているのではないかと推測してはいたが、まさか敵対関係とまでは思わなかった。

峯岸は、玄之丞という共通の敵を持つ兵ノ介と手を結んでいた。峯岸が突然、現れて襲撃者の正体を告げたのも、俺をここへ誘《おび》き出すための罠だったのだ。

隆一郎は咄嗟《とっさ》に大刀の柄《つか》に手を伸ばしたが、間に合わなかった。

峯岸の腰間に光が走ると同時に、首筋に重い衝撃がきた。

隆一郎は一瞬で、暗黒に落ちた。

意識を取り戻したときには、夜になっていた。目を開けても、まだ暗黒が続いていた。

——あれからどれくらい経ったのか？

考えてみたが、さっぱりわからなかった。

見える光もなければ、聞こえる音もない。失神させられたときの状況を振り返るまでもなく、どこか密室に監禁されているとみて間違いなかった。

縛られてはいなかった。そろそろと立ち上がった。両手を左右に伸ばすと、右手の指先が固い物に当たった。漆喰《しっくい》塗りの壁のようだった。

壁伝いに歩いて、出入口を探すと、すぐに壁の角に突き当たった。直角に折れてさらに左手に進むと、こんどは指先が金網に触れた。

「おーい、誰かいるか？」

隆一郎は大声で呼びかけた。声も物音も返ってこなかった。

さらに手探りで歩き廻った。出入口とは反対側に、薦被《こもかぶ》りの樽《たる》が積まれていた。かすかに薫香が漂っている。酒樽だった。

場所の見当もついた。一元の蔵だ。店は表からしか見なかったが、敷地内に蔵の一棟や二棟はあるはずだ。そこに閉じ込められたに違いなかった。

いまさら、じたばたしても始まらない。開き直った隆一郎は、酒樽を背に腰を下した。

──俺を人質に、あいつと交渉するつもりだろうな。

和泉橋での襲撃に失敗したことで、憎い仇に手も足も出せなくなった兵ノ介が、人質を餌に玄之丞を警護の枠外へ引っ張り出し、仇討ちを遂げようと目論んでいるのは明らかだった。

──なにより大事なお家のために、あいつは交渉に応じるだろう。あくまで嫡男を見殺しにできないのであって、俺をではないが……。

ほかに男子があれば、玄之丞が交渉に応じるとは思えない。唯一の子を救い、家の存続を護るために、仕方なくだ。そして、

──俺が人質になったせいで、あいつはくたばる。こんな愉快な話もない。

どうせ誰にも聞こえはしない。隆一郎は込み上げてきた笑いを思い切り、弾《はじ》けさせた。

「あっはははは……」

笑い声が反響した。蔵が笑った。再び静けさが訪れてきたときには、急に不安になっていた。

──あいつを討ち果たせば、こんどは兵ノ介が俺の仇になる。後顧の憂いを絶つために、兵ノ介は俺をも始末するかもしれない。

玄之丞が誰に殺されようと、隆一郎に仇討ちなどする気はなかった。まして、巻き添えを喰《く》って、あの世へ逝くなど真っ平だ。玄之丞と肩を並べて三途《さんず》の川を渡ると考えただけで吐き気がする。

──あいつと一緒に殺されるのを防ぐには、兵ノ介に伝えなくてはならない。決して仇討ちなどしない、むしろ感謝すると。

だが、親を殺されて恨みもしないという話に無理がある。兵ノ介が信じるわけがない。その場限りの命乞《いのちご》いとしか受け取らないだろう。

──いったい、どうすれば信じてもらえるのか？

難題だった。隆一郎は途方に暮れつつ、それでも必死で考えた。

ぎぎいーっ

ふいに静寂が破れた。蔵の厚い扉が、きしみを上げていた。

薄く開かれた扉の隙間から、金網越しに光が差し込んできた。その眩《まぶ》しさに、隆一郎は目を細くした。

「どうした、気でも触れたか？」

顔は見えないが、声は峯岸だった。馬鹿笑いを聞きつけて、様子を見にきたようだった。

——はからずも、好機を招き寄せたかも。

難題を解く糸口が見つかったような気がした。ここでうまく立ち回れば、殺されずに済むかもしれない。そう思った隆一郎は、金網に顔を張り付けていった。

「先生、私はいたって正気です。あんまり嬉《うれ》しくて、つい」

嬉しくて、を強調した。そこが要《かなめ》だった。

「なにがそんなに嬉しい？」

峯岸が食いついてきた。

「それにしても、上手《うま》い手を考えましたね。私を人質に交渉すれば、父上は果し合いに応じざるを得ませんから」

あえてそこから話したのは、さっき推測したことが間違っていないかどうか、いちおう確かめておくためだった。

「……」

峯岸はなにもいわなかった。沈黙が答えになっていた。

「果し合いに応じれば、父上は兵ノ介に討ち果たされる。それが嬉しくてたまらないのです」

「父親を殺されるのが嬉しいだと？　それはまた異なことを」

「異なことでもなんでもありません。私がいかに父を嫌っているか、先生ならよくご存じのはず」

「たしかに、玄之丞から下谷の屋敷へ出向くよう呼び出しを受けただけで、厭《いや》そうに顔を顰《しか》めておったな」

「嫌っているどころか、いまではあいつを自分の手で殺したいほど憎んでいます」

ここぞとばかり言葉に力を込めた。峯岸に疑われるようでは、兵ノ介を信じさせるなど望むべくもない。そう思って過剰に演技を交えていたが、本当に気持ちが昂《たか》ぶってきた。

「あいつさえいなければと、なんど願ったことか。できることなら、この手であいつをぶっ殺してやりたい」

一気に吐き出したときには、金網を摑《つか》んだ手がぶるぶると震え、肩で息をしていた。隆一郎は、自身でも驚くほど興奮していた。

「そこまで憎んでいたとは……」

峯岸の声には、隆一郎の憎しみを本物と受け取った響きがあった。

「父が殺されて、私が喜ぶ理由は、もうおわかりいただけたでしょう？」

「他人同士よりも、肉親の憎悪のほうがはるかに恐ろしく、かつ醜いということが、よくわかった」

峯岸が非難めいた口調で答えたが、隆一郎は構わず続けた。

「兵ノ介が本懐を遂げても、感謝こそすれ、恨んだりはしません。なにもなかったことにして見逃します。そのこと、兵ノ介にしかと伝えて下さい」

「だから、おのれまで殺さないでくれということか。まあいい、伝えるだけは伝えておこう」

峯岸が蔵の扉を閉じ、鍵《かぎ》をかけて立ち去った。

――これで上手くいくのか？

命が懸かっているだけに不安も大きい。そのせいだろう、再び身を包んだ暗黒が、峯岸が訪れる前よりもいっそう冥《くら》く感じられた。

第三章

一

「あいつが、そんなことを？」

兵ノ介は目を丸くして問い返した。

「頼むから父親を殺してくれといわんばかりだった」

峯岸が口に苦いものを含んだような顔で答えた。

兵ノ介は昨夜、一元の店者《たなもの》二人とともに夜を徹して片岡道場の周囲を見張っていた——というのも、隆一郎が片岡道場に現れた事実から、兵ノ介が片岡道場に通っていること、また一元を根城にしていることが、すでに玄之丞の知るところになったと考えなくてはならなかったからである。

隆一郎が屋敷へ戻らなければ、玄之丞はなにか異変が起きたと察知する。当然、探りを入れてくるはずだった。あるいは隆一郎が捕らえられたことをすでに知っており、隆一郎を奪還せんと手勢を送り込んでくる可能性すら予想された。

その場所は一元か片岡道場ということになる。いつ夜襲を仕掛けられても対応できるよう一元を峯岸が、片岡道場を兵ノ介が主《しゅ》となり、迎え撃つ態勢を整えたのだった。

結局、案じたようなことはなにも起きなかった。兵ノ介は朝早く一元へ戻り、峯岸と一緒に朝餉《あさげ》を摂《と》りながら、隆一郎からの伝言を聞き終えたところだった。

「信じられない。命乞《いのちご》いの口実にしているだけじゃないのか？」

「そう考えるのが普通だが、あの親子の関係は、以前から拗《ねじ》れておった。自分の父親をそこまで憎む子がいるなど、お前にはとうてい理解の及ばぬところだろうが、玄之丞について語るときの、あやつの怒りに燃えた目に嘘はなかった」

兵ノ介と一郎太の間には、親子の情愛があった。溢《あふ》れていた。兵ノ介は、冗談で憎まれ口を叩《たた》くことはあっても、父を本気で憎いと思ったことなど、ただの一度もなかった。

峯岸がいった通り、理解の及ぶところではなかったが、

「どのみち隆一郎を殺す気なんかないし、仇《かたき》と狙われてもそれはそれだ」

「返り討ちにするまでか」

「まあな」

兵ノ介は軽く受け流した。「そんなことより、なにもなかったことが気になる」

「隆一郎が屋敷へ戻らなかったにもかかわらず、玄之丞は動かなかった。たしかに妙だな」

「こちらの様子を探りにきた気配もなかった」

「たぶんこういうことだろう。玄之丞は隆一郎の身になにか起きたとは気づいたが、わしらの居所までは、まだ摑んでいなかったのだ」

「隆一郎が俺たちの居所を摑んだのが、昨日が初めてだったので、玄之丞に伝えたくとも伝えられなかったということだな」

「あるいはとうにわしらの居所を突き止めていながら、あえて玄之丞には伝えなかったとも考えられる」

「さすがにそれは穿《うが》ちすぎだろう」

兵ノ介はいったが、峯岸のこの推測は当たっていた。事実、隆一郎は一元のことも片岡道場のことも、玄之丞には伝えておらず、次のような虚偽の報告をしていた。

兵ノ介の実家を訪ねたが、兵ノ介はおろか、家族も引っ越していた。しかも家族は夜逃げしており、手掛かりが途切れた。兵ノ介の家族の知人なら知っているかもしれない。それを当たってみるつもりなので、いましばらく待ってくれと。

「理由はなんであれ、玄之丞は動かなかった。だが、いずれわしらの居所を掴む。そうなる前に、先手を打ったほうがいい」

「今日にも、玄之丞に繋《つな》ぎをつけるか？」

「うむ。で、いつにする？」

仇討《あだう》ちの期日のことである。

「俺はきょうでも構わない」

兵ノ介は意気込みをみせたが、

「それは無理だ。かといってあまり先延ばしするわけにもいかぬ。明日ではどうだ？」

「きょうは如月《きさらぎ》の八日か。どうせなら、明後日、十日にしよう」

「うん？」

「ちょうど父上の月命日なんだ」

一郎太が死んだのは六月の十日だった。

「そうしよう。で、場所は？」

「石置場に決まっている。父上が死んだあの場所で、玄之丞に血反吐《ちへど》を吐かせてやる！」

「それほど相応《ふさわ》しい場所も、またとないな」

顎《あご》に手を当てて峯岸がうなずいた。

「ところで、どうやって玄之丞に繋ぎを取るつもりだ？」

「わしが玄之丞に会って、直に伝える」

「おいおい、玄之丞にとっては、あんたも邪魔者だぜ。わざわざ殺されに行くようなものじゃないか。殺されないまでも、とっ捕まるかもしれない」

「わしの身を案じてくれるのか？」

「阿呆《あほ》くさい。あんたのせいで妙なことにならないか、それが心配なだけだ。もしあんたが人質にされても、助けるつもりはない。見殺しにするぞ」

人質の交換という展開になっても、応じないという意味だ。

「そんなことにはならない。ちゃんと考えている。だが、それについて話すと長くなる。いいからわしに任せて、お前はお前のすべきことをやれ」

「わかった。行ってこい。ヘマするんじゃねぇぞ」

「わしにとっても、待ち望んだ日がやっと訪れようとしている。ここへ来て、ヘマなど犯すものか」

「はいはい」

兵ノ介は小馬鹿にしたように二度返事をしたが、ふいに真顔になると、峯岸に向かって頭を下げた。

「なんの真似だ？」

峯岸が目を眇《すが》めた。

「あんたが隆一郎を捕まえてくれなければ、仇討ちの目処《めど》が立たなかった。あと一年、いや五年経っても、俺は玄之丞に近づくことすら、できなかったかもしれない」

数日前の深夜、兵ノ介は峯岸には内緒で、下谷の屋敷の様子を探りに行っていた。相変わらず警護は厳重だった。悔し紛れに屋敷の塀越しに石を投げつけたものだった。

「まあそうだが」

「あんたがなにか企《たくら》んでいるのもわかっている。が、礼は礼だ」

「気づいておったか？」

「あんたが、一元へ現れたときから疑っていた。隆一郎が片岡道場へ、独りでのこのこ現れたのも、ただの偶然ではなさそうだ」

「そこまで気づいていながら、わしがなにを企んでいるのか、訊《き》かぬのか？」

「訊いても、どうせあんたは口を割らない。それに俺は、仇討ちさえできればそれでいい」

兵ノ介は割り切っていた。

「いい心がけだ。ただ、これだけはいっておく。お前の悪いようには決してせぬ」

「それだけ聞けば、じゅうぶんだ」

兵ノ介は屈託なくいった。

「おお、そうだった」

ふと思い出したように峯岸がいい、懐の奥に手を入れてなにかを摘《つま》み出した。

「いつか渡そうと思っていた、一郎太殿の形見だ」

「えっ、そんなものがあったのか」

兵ノ介がひったくるようにして受け取ったのは、高さ一寸ばかりの根付だった。

飴色《あめいろ》に古色を帯びた根付には、緻密《ちみつ》な細工で、猪に乗った神の姿が刻まれていた。

「摩利支天か」

その神が摩利支天であることくらいは兵ノ介にもわかったが、一郎太が所持していた記憶はなかった。

「ほんとうに、父上の物なのか？」

「たしかに一郎太殿の財布の中に入っていた。お前のことだ、忘れてしまったのだろう」

そういわれると兵ノ介も自信がなかった。

「かもしれないな」

いいながら兵ノ介は、根付をぎゅっと握り締めた。そこにはいない一郎太に、心の中で語りかけた。

――父上、俺に力を貸してくれ。一緒に闘ってくれ。

下谷の高杉屋敷には門番が四人いた。

うち二人は雇いの門番のようだが、もう二人は若侍で槍《やり》を手にしていた。

その二本の槍が、峯岸の前で交差した。夕暮れの陽射しに、十字になった槍の影が長く伸びた。

「以前、当家にお世話になっていた峯岸一鬼と申す。御当主とお会いしたいので、御用人の村井様に取りついで戴《いただ》きたい」

雇いの門番の一人が潜戸を潜って消えた。しばらくして、村井が現れた。

「どこの峯岸かと思えば、おぬしだったか。よくもここに顔を出せたものだ」

「いいから入れてくれ」

「何用じゃ？　聞かぬうちは殿には会わさぬ」

「隆一郎のことだ」

「なにっ！」

村井が峯岸を凝視した。昨夜、隆一郎が屋敷へ戻っていないことを村井は知っており、身の上を案じていたことが、ありありと窺《うかが》われた。

「隆一郎さまになにかあったのか？」

峯岸はなにも答えなかった。

「……よかろう、ついて参れ」

村井が折れて、先に立って歩きだした。屋敷の玄関の前に至ると足を止めた。

「殿に会わせてやるが、寸鉄も帯びさせるわけにはいかぬ」

「ふふっ、嫌われたものだ」

峯岸は苦笑しつつ、大刀と脇差《わきざし》を腰から抜いて村井に手渡した。さらに両手を拡げていった。

「好きなだけ、検《あらた》めるがいい」

村井が着物の上から峯岸の体を弄《まさぐ》った。峯岸が懐に呑《の》んでいた鎧通《よろいどお》しを見つけて取り上げた。

玄関の式台の前にも警護の若侍が立っていた。村井は峯岸の両刀と鎧通しをその若侍に預けて、屋敷へ入った。長い廊下を経て、玄之丞の部屋に至ると片膝《かたひざ》をつく。

「殿、若様のことで話があると、峯岸一鬼が参りました」

人が立ち上がる気配がしてすぐに、障子が中から勢い良く開いた。

「貴様、よくも！」

大刀を手にした玄之丞が、仁王立ちになって吼《ほ》えた。

「二人で話したい」

峯岸は静かにいった。

「村井、下がっておれ」

玄之丞が命じたが、村井は拒んだ。

「いえ、同席させていただきます」

「下がれといったら下がれ！　誰もここへ近づけるな」

「ははっ」

村井がしぶしぶ畏《かしこ》まり、峯岸を睨《にら》みつけながら立ち去った。

「入れ」

玄之丞が峯岸に体を向けたまま後退《あとずさ》った。峯岸が下座に腰を下しても、いつでも大刀を抜けるよう身構えて立っていた。

「隆一郎はどこだ？」

峯岸はその問いには答えず、思わせぶりにいった。

「わしを無事に帰さないと、隆一郎とは二度と会えぬ。隆一郎を取り戻したいなら、明後日、朝五つ、両国橋袂《たもと》のあの石置場へ独りで来い」

「いまならなにもなかったことにしてやる。黙って隆一郎を返せ」

「おぬしが兵ノ介に勝っても負けても、隆一郎は生かして返す。おぬしが刻限通りに姿を現しさえすれば、半刻《はんとき》後には解放するよう手筈《てはず》しておく」

「兵ノ介を返り討ちにしても、隆一郎は返してくれるのだな？」

「しかり」

「ぬしは手出しをしないのだな？」

「わしは立会人としてのみ参加する。もっとも、おぬしが家来を引き連れてくるようなら、いつでも豹変《ひょうへん》するぞ」

「嘘ではないな？」

「武士に二言はない」

「わしを騙《だま》したその口で、よくもそんなことがいえたものだ」

「はて、なんのことやら」

「ぬしは隆一郎を連れ戻ったとき、兵ノ介が逃げたといったが、そうではなかった。お前が逃がしたのだ。時任のことでも嘘を吐いた。時任は矢萩一郎太と相討ちになって果てたといったが、じつは兵ノ介を殺そうとした時任を、ぬしが斬ったのだろう」

事実、その通りだった。

「ふふっ、なにもかもお見通しだな。まあそうでなければ、刺客を差し向けてくることもなかっただろうが」

峯岸が、兵ノ介とともに江戸を離れたあと、一月と経たないうちに、立て続けに刺客に襲われた。最初は一人、二度目は二人だった。いずれも手練《てだれ》の浪人者だったが、峯岸はことごとく斬り捨てた。

その場を兵ノ介も目撃していたが、峯岸が彼らの懐中物を奪ったこともあり、刺客だと気づくことはなかった。

それからも玄之丞は、新手の刺客を放ったはずだが、二度目の襲撃を最後に遭遇することはなかった。一箇所に長く留《とど》まらず、移動を繰り返したことが功を奏し、刺客を振り切ることができたのだろう——回想を絶って、峯岸は続けた。

「たしかにわしはおぬしを裏切った。おぬしの非道に、とてもつき合ってはいられなかったからだ」

「お家を護《まも》ることを、非道と謗《そし》るか？」

「まだ八歳の子を、たかがお家のために殺すのが非道でなくてなんだ。非道を犯せば、地獄へ落ちる。わしがおぬしを地獄の淵《ふち》から、救ってやったと思え」

「もういい、屁理屈《へりくつ》はたくさんだ。わしが兵ノ介と立ち会いさえすれば、隆一郎は返してくれるのだな？」

玄之丞が念を押した。

「返す」

「あいわかった、信じてやろう」

「念のためにいっておく。わしらの居場所を探り当て、隆一郎を取り戻そうなどと考えるな。気配を察しただけで、隆一郎の命は保障せぬ」

「うむ」

玄之丞が、かすかに顎《あご》を引いた。

「石置場の中に広場がある。行けばわかる。そこで待っておる」

背中を晒《さら》して悠然と去っていく峯岸に、

「ええいっ、くそ！」

玄之丞は地団太を踏んで悔しがった。いま峯岸を斬るわけにはいかない。そんなことをしたら、隆一郎と二度と会えなくなるとわかっていた。

峯岸の姿が見えなくなると、我慢が切れた。大刀を強く振るって鞘《さや》を払い、床の間の柱に刃《やいば》を叩《たた》きつけた。手の震えで刃筋がぶれてしまい、三寸角の柱を叩き切るのに数打しなくてはならなかった。

「殿、どうなされました？」

激昂《げっこう》のあまり気づかなかった。いつのまにか村井がそこに立っていた。

「呼んだ覚えはないぞ」

無様な姿を見られた腹いせに、玄之丞は村井の非を咎《とが》めた。

「もしや、若様の身になにかあったのですか？　峯岸はなにを申しにここへ参ったのですか？」

村井は咎められたことを意に介さず、矢継ぎ早に問いを重ねた。

「そのほうには関りのないことだ。いちいち嘴《くちばし》を挟むな」

「そうは参りません」

村井は怯《ひる》むでもなく続けた。

「先日来の物々しい警備といい、いったい当家に、なにが起きているのです？」

「警備のことは、訓練と申したはず」

「とてもそうは思えませぬ」

村井がゆるゆると首を振った。否定の意味もあるのだろうが、村井は悲嘆に暮れた顔つきになっていた。

「先代様のご遺言をお忘れですか？ 当家のことはすべからく、この村井と相談せよというあのご遺言を。それがしは、目の黒いうちはと老骨に鞭《むち》打って、御当家のために尽くしております。そのそれがしに、隠し事をなさいますか！」

「いまはわしが高杉家の当主だ」

「そういうことではございません」

「黙れ！ いくらそのほうでも、これ以上は許さぬ」

だが、村井は玄之丞をひたと見据え、無言の抗議を続けた。

「ふんっ！」

玄之丞は鼻を鳴らして、畳の上に転がっていた鞘を拾い上げた。大刀を鞘に納めると、村井をその場に残し、たったっと部屋を出ていった。

二

峯岸が玄之丞に会いに行ったあと、兵ノ介は片岡道場へ出向いていた。いつもより少な目の八人の門弟たちを相手に荒稽古《あらげいこ》に励み、それも終えて、道場脇にある井戸で下帯のみになって汗を流しているところだった。と、そこへ――。

門弟たちが、ぞろぞろと連れ立って現れた。兵ノ介は場所を空けようと、井戸から離れようとしたが、その前に門弟たちに取り囲まれた。

兵ノ介はきょうも、複数を纏《まと》めて相手にするという、門弟たちからすれば甚だしく自尊心を傷つけられる荒稽古に付き合わせていた。

すわ、お礼参りかと身構えた兵ノ介だったが――。

「ありがとうございました」

門弟たちが声を揃え、深々と辞儀をした。八人の年齢はばらばらだが、みんな兵ノ介より年上だった。

そんな門弟たちが、兵ノ介を目上として敬い、礼を尽くしている。兵ノ介は大いに戸惑った。

「お願いです。みなさん、顔を上げて下さい」

門弟たちが腰を伸ばした。誰もが、晴れ晴れとした笑顔を浮かべていた。門弟の一人が、兵ノ介に歩み寄ってきた。

兵ノ介にとって唯一、名前と顔が一致するその門弟は、伝兵衛の一人息子、伝一《でんいち》郎《ろう》だった。

片岡道場で稽古するようになってからの付き合いだが、兵ノ介は伝一郎と縁《えにし》で結ばれており、出会うべくして出会ったような気がしていた。

というのも、そもそも伝一郎が片岡道場に入門したのも、一郎太と伝兵衛の交情がきっかけだった。

伝兵衛は、一郎太と最後に会ったとき、伝一郎に引き合わせ、ひ弱なところがあるこの倅《せがれ》を、一郎太に鍛えて欲しいと頼んだという。伝一郎に剣術を学ばせたい動機が、町の顔役を継がせるためだと思った一郎太は、その申し出を断ったが、伝一郎を堅気にしようと考え、生きていくうえでの人としての強さを身につけさせたいという、伝兵衛の真意を知って快諾した。

そうして、いかにも一郎太と伝兵衛ならではの遣《や》り取りを経て、伝一郎は片岡道場に入門することになったのだが、入門届けを出した当日、一郎太が死んでしまった。

結局、伝一郎は一郎太から指導を受けられなくなった。それでも伝兵衛は、道場主の片岡道斎《どうさい》の人柄に感じるところがあったらしい。そのまま伝一郎を片岡道場に通わせ続けた。

伝一郎はそれなりに素養もあり、真面目な性格でこつこつと稽古を積んだ。いまでは内弟子として道場に住み込みを許されているばかりか、次期、師範代と目されるまで上達していた。

それまで道斎に会ったことがなかった兵ノ介が、片岡道場で稽古ができるようになったのも、伝一郎の陰働きによるところが大きかった。いや、伝一郎がいなければ、目的が仇討ちであることを秘したまま、これほどまでの荒稽古が許可されることはありえなかった。

そんなこんなで、兵ノ介は伝一郎との間に、見えない糸を感じずにはいられなかったのである。その伝一郎がいった。

「真剣に稽古に取り組む面白さに、気づかせてもらった。稽古がこんなに楽しいと思ったのは初めてだ」

門弟たちが兵ノ介に礼を尽くした理由が、それでわかった。

門弟たちはそれまでも本気で稽古に取り組んでいたが、それ以上の本気——死ぬ気でといっても過言ではない——を出すことを、兵ノ介に余儀なくされた。

なんとか一矢報いたいという気持ちもある。必死で兵ノ介に打ちかかり、また本気で兵ノ介を倒す手立てを考えるようになった。

剣の道は険しいが、それゆえ、道を歩む面白さがある——門弟たちは、兵ノ介からそのことを教えられたと、感謝しているのだった。

「これからも、容赦なく扱《しご》いてくれ」

伝一郎が頼むと、ほかの門弟たちも、異議なしとばかり、頭を下げた。

「こんな俺でよければ、みなさん、これからも付き合って下さい」

兵ノ介は、あらぬほうに顔を向けて答えた。峯岸がそばにいても、ずっと孤独だった。仲間として受け入れられたことが無性に嬉《うれ》しくて泣きそうになっていた。

「兵ノ介さん、このあと用事はあるのか？」

「一元に帰るだけです」

「先生が、夕餉《ゆうげ》を共にしたいとおっしゃっている」

「道斎先生が？」

「是非にと」

一元へ戻るのがいつもより遅くなると、伝兵衛が余計な心配をしそうだが、道斎の頼みとあっては断るわけにもいかない。

「わかりました」

「よかった。じつは俺もご相伴に与《あずか》ることになっているんだ」

伝一郎が得意げにいった。

「なんだよ、伝一郎だけかよ」

門弟の一人が口を尖《とが》らせた。

「同席したければ、お前も早く腕を上げろ」

「そんなあ」

情けない声をあげたその門弟を、別の門弟がからかう。

「お前では、あと十年は無理だな」

どっと笑いが起き、兵ノ介も噴き出しそうになった。

「先に行っててくれ」

俺も汗を流してから行くと、伝一郎がいった。

「じゃあ、あとで」

兵ノ介は着物を纏《まと》い、道場の裏手にある片岡道斎が住まいとしている母屋へ向かった。

「こんどは俺たちとも一献、酌み交わしてくれよ」

背中にかけられた声に、兵ノ介は片手をあげて応《こた》えた。また泣きそうになっていた。

通いの女中が夕餉の膳《ぜん》を片付けたあとで酒の支度を整えていったが、いっこうに杯を取ろうとしない兵ノ介に道斎がいった。

「若い者が遠慮するな」

「すみません、下戸なんです」

「ほんとうか？　酔うと暴れるからじゃないのか」

伝一郎がからかい、まあいいから飲めと徳利を差し出した。

「ほんとうに、苦手なんだ」

兵ノ介は掌《てのひら》を立てて固辞した。酒を飲んだことはないが、飲めばいける口だとわかっている。嘘を吐いたのは、なにが起きるかわからない帰り道で、酔って不覚を取りたくなかったからだ。

「まあよい。伝一郎も無理強いするな」

道斎が鷹揚《おうよう》にいってくれたのを潮に、

「そろそろこのへんで」

と兵ノ介は腰を上げようとした。すると道斎が子供のように、駄々を捏《こ》ねた。

「いや、まだまだ話し足りぬ。酒は飲まずともよいが、今夜はとことん付き合え」

もともとそういう性格なのか、それとも老齢に至ったせいなのか、道斎には無邪気なところがあった。

裏を返せば威厳がない。道場主というより、隠居して久しい好々爺《こうこうや》のようで、穏やかな笑みを終始、絶やさなかった。

その人柄に、兵ノ介は惹《ひ》かれていた。会って日は浅いが、肉親のような親近感すら覚えていた。

そんな道斎と、一郎太の想い出話に浸るひとときは楽しいに決まっている。もっと腰を据えていたいのはやまやまだが、兵ノ介は峯岸が玄之丞との交渉を首尾よく運びえたかどうかが、気になって仕方がなかった。

「またこんど、次はゆっくりします」

道斎が、しかめっ面になった。が、なぜか表情が、おや？　と訝《いぶか》るものに急変した。

「うーむ」

兵ノ介も気づいていた。何者かが接近している。玄関には向かわず、いまいる座敷に面した庭へ、直接、回り込んで来ていた。兵ノ介は緊張したが、

「害をなす気はなさそうじゃの」

その何者かが、殺気を発していないことを早々と感じ取った道斎が、さも詰まらなそうに呟《つぶや》いた。

「誰かは知らぬが、用があって参ったのじゃろう。伝一郎、障子を開けて招いてやれ」

「はあ？」

なにも気づいていなかった伝一郎は、突然命じられて、きょとんとした。それでも席を立って障子を引いた。

外へ漏れ出した行灯《あんどん》の明かりに、人影が浮かび上がった。

「誰かと思えば、峯岸一鬼ではないか！」

驚きの声を発したのは道斎だった。さらに道斎は、

「足はあるのか？」

と妙なことを口走り、峯岸の足元に目を凝らした。

「あるとも、道斎」

峯岸が、おどけたように片足を上げてみせた。

「まだ生きておったか、久しぶりじゃのう」

「おぬしがここに道場を構えたことは知っていたが、挨拶《あいさつ》が遅れて、すまなかった」

「そんなことはどうでもよい。さあさあ、早くここへ来て、その顔をとくと見せてくれ」

兵ノ介は事の成行きに呆然《ぼうぜん》とした。峯岸が道斎の知り合いだったとは、ひと言も聞いてなかった。

峯岸が縁側から座敷へ上がり、道斎の隣に腰を下した。

「ちょうどよいところへ参ったようだ」

酒膳を見て舌なめずりをした。

「駆けつけ三杯じゃ」

道斎が自分の杯に、なみなみと酒を満たして峯岸に勧めた。ぐいっと一息で呷《あお》っ

た峯岸が、

「何年ぶりかな？」

「最後に会ったのは、たしか仙台《せんだい》じゃったな」

「ということは、かれこれ二十年も前になるか。その割にはあまり老けておらんな」

「おぬしもじゃ。見てすぐにわかったぞ」

二人が顔を見合わせて笑みを交わした。

「道斎先生もどうぞ」

兵ノ介は伏せていた杯を道斎に譲った。その際、ちらりと峯岸に視線を送った。峯岸が、かすかにうなずきを返してきた。

玄之丞との交渉は、上首尾に運んだらしい。兵ノ介はひとまず安心した。

しばらく酒を酌み交わしたところで、峯岸が、じつはと切り出した。

「おぬしに会いに来たのは、旧交を温めるのはもちろんだが、ほかにも理由がある」

「おおよそ見当はついておる」

道斎がしたり顔でいった。

「ほう」

と峯岸が刮目《かつもく》した。

「兵ノ介は、おぬしのことをなにもいうてはくれなんだが、兵ノ介の手筋に、一鬼の匂いがしておった」

兵ノ介は隠したわけではなかった。二人が知り合いだとわかっていればともかく、峯岸のことを伝える必要を感じなかった。だから話さなかった。

「さすが道斎。わしはこやつと旅をしておった」

「そのことと、一郎太が不慮の死を遂げたことの間に、なにか関りがありそうじゃな。あれはただの辻《つじ》斬りではあるまい」

「そこまで察しているなら、話が早い」

峯岸が一郎太の死の真相から、兵ノ介が間もなく高杉玄之丞と果し合いをすることまで、包み隠さず語った。

道斎は聞き終えても、なにも感想をいわず、いきなり訊《たず》ねた。

「で、わしはなにをすればいい？」

「……」

「なにもないのか？　助太刀でも頼まれれば、いい死に場所になると思うたのに、がっかりじゃ」

道斎が肩を丸めて落胆した。峯岸が笑って問う。

「生きるのが面倒になったか？」

「妻も子もおらん。あとは、このまま朽ち果てていくだけじゃ。せめて死に花を咲かせたかった。もっとも、兵ノ介に助っ人《すけと》など要らぬじゃろうが」

「不測の事態が起きぬとも限らぬ。そのつもりでいてくれ」

「なんじゃ、一鬼、それを早くいわぬか。相変わらず、人が悪いのう」

「まあそう怒るな。頼みにしているぞ」

二人は、差しつ差されつに戻った。伝一郎が、兵ノ介に体を寄せて耳元で囁《ささや》く。

「いまの仇討《あだう》ちの話、親父は知っているのか？」

伝兵衛のことである。

「ああ」

「志津ちゃんは？」

「教えてない。もちろん、母上にも。だからここだけの話として、誰にもいわないでくれ」

「承知した。が、それにしても、先生も変だよな」

「なにが？」

「なにがって、仇討ちだぞ。もっと驚いてもよさそうなものだ。あげく、いい死に場所がどうたらこうたらいうに至っては、先生の気持ちが、さっぱりわからん」

「まあそうだが……」

兵ノ介は、わかる気がしていた。道斎もかつては修行の旅をして、いくどとなく修羅場を潜ってきたのだろう。いまは大人しく道場主に納まっているが、血が沸き立つような日々が懐かしくてたまらないのだ。

だが、それを伝一郎に理解させるのは難しい。修羅場を潜った者にしか、この気持ちはわからない。

「おい、あれを見ろ」

と、伝一郎が顎《あご》を突き出した。見ると、峯岸と道斎が杯を置いて視線を絡ませていた。

ついさっきまでの和やかさが掃いたように消え、二人の間に、張り詰めた空気が漂っている。それは静かな殺気だった。

二人が視線を絡み合わせたまま、立ち上がった。道斎が床の間の刀掛けから大刀を取って腰に差し、両手で二枚の障子を開け放った。

「先生っ！」

伝一郎が声をかけたが、道斎は耳がないかのように無視して、裸足《はだし》で庭へ下りていった。

峯岸がそれを追い、間合いを取って道斎と向かい合った。

道斎が先に大刀を抜いた。峯岸がやや遅れて抜き合わせた。二人は互いに青眼に構えた。

「先生っ！」

伝一郎が再び叫んで、庭へ駆け下りる気配を見せた。兵ノ介は肩を摑んで止《とど》め、振り向いた伝一郎に、首を横に振った。

「止めても無駄だ、邪魔をするな」

三

「一時はどうなるかと冷や冷やしたぜ」

伝一郎が、額に浮いた汗を手の甲で拭《ぬぐ》った。「稽古《けいこ》なら稽古と、先にいってくれれば、俺もあんなに焦らなかったのに」

峯岸と道斎の死闘が、伝一郎の目には、ただの稽古としか映っていなかった。

伝一郎がそう思うのも無理はない。たしかに傍目《はため》——しかも酔眼では、仕手と受け手が交互に入れ替わる、息の合った組稽古にしか見えないだろう。

仕掛けられたほうが余裕をもって躱《かわ》し、攻守を入れ替えて反撃に出る。こんどは受けに回った側が、それをまた悠々と躱すという、至って緊迫感のない攻防にしか。

抜き身を振るい合うがゆえに、慎重になっているとさえ、伝一郎の目には映っているかもしれない。あるいは詩吟に合わせて舞う退屈な剣舞のようにも。

だがそれを、兵ノ介は固唾《かたず》を呑《の》んで見守っていた。二人の動きから、一瞬たりとも目が離せなくなっていた。

「さすがの先生も、歳には勝てないようだな」

伝一郎がわかったような台詞《せりふ》を吐いた。

「……」

「なんだ、聞こえてないのか？」

「そうじゃない」

兵ノ介は、二人に視線を張り付かせたまま答えた。

「なんだよ」

と伝一郎が不貞腐《ふてくさ》れた。相手をするのも面倒になった兵ノ介は、邪険にいった。

「退屈なら酒でも飲んでろ」

「そんないい方はないだろう」

「頼むから、俺を放っておいてくれ」

「ちっ」

伝一郎が舌打ちをしたが、酒といわれて思い出したか、腰を据え直した。庭で繰り広げられる峯岸と道斎の死闘——彼にとっては組稽古を肴《さかな》に、手酌でやり始めた。

二人が闘い始めてから、すでにそれなりの時が過ぎていた。おりしも峯岸が、袈《け》裟《さ》懸けを放った。

直前まで道斎は、峯岸の刃《やいば》の軌道線上にいたが、峯岸が攻撃しようとする剣気を読んで、すいと左足を退《ひ》いていた。刃の軌道線の外へ出ると同時に、刀を引き寄せ、退いた足を軸に、逆袈裟に斬り上げる構えを取った。

一連の動きが緩慢に見えたのは、動作に無駄がないこともあるが、反撃に移る仕掛けを速くしすぎると、逆に峯岸に意図を読まれ、対処されてしまうからだった。

峯岸の刃を躱した刹那《せつな》、道斎は逆袈裟を放った。放ちつつ、なぜか素早く横へ半歩、移動した。横へ移動したぶんだけ、当然、刃の軌道が逸れた。

あたかもそれは、峯岸が道斎を庇《かば》って、刃を逸らせたように映ったが、実はそうする以外、道斎には峯岸の次の一手から逃れる術《すべ》がなくなっていた。

つまり道斎はひとつ先を読み、峯岸はさらにもうひとつ先を読んでいたのである。

はたして道斎が放った一閃《いっせん》が、峯岸の体を掠《かす》りもせずに天を衝《つ》いたとき、峯岸は返す刀で道斎を斬り上げていた。

だが、その峯岸の必殺の刃も虚空を斬り上げた。

――くそっ、またしても見逃した。

一瞬、峯岸の陰に道斎の姿が入ってしまい、道斎がどんな体捌《たいさば》きで躱したのか、見極めることができなかった。いまの足の位置からみて、道斎がさらに左足を退いたのは間違いないが、いつそれをしたのかが、わからなかった。

峯岸と道斎が、すすっと互いに離れて、大刀を構え直した。

――こんどこそ見逃さないぞ。

兵ノ介は目を皿にしたが、

「こたびも、決着がつきそうもないな」

道斎がぽつりといい、

「そのようだな」

と、峯岸が同意を示した。

それまで能面のようだった二人の顔に穏やかな表情が甦《よみがえ》り、二本の抜き身が鞘《さや》に戻された。

「さて、次はいつになることやら。わしはここを離れるわけにはいかぬので、おぬし次第じゃが、次は何年と待てぬぞ」

「どちらかが棺桶《かんおけ》に入る前に、決着をつけたいものだ。その日まで、せいぜい稽古に励め」

「なにを小癪《こしやく》な。おぬしのほうこそ、もっと腕を磨いておけ」

「ふふっ」

「ふははは」

肩を叩《たた》き合って笑う二人を、兵ノ介は複雑な思いで見詰めていた。あと少し、ほんの少しでいいから、二人の攻防を見ていたかった。

技は盗むものだ。二人の一挙手一投足に、学ぶべきものがあった。すべてを見極め、自家薬籠中《じかやくろうちゆう》の物にしたかった。

その機会を逃したのは悔しいが、反面、兵ノ介は満足もしていた。

二人の死闘には、技を競い合う以上のなにかがあった。自分がまだ知らない、なにかが。

二人は、この地上にありながら、どこか別の空間にいた。時と生死の間境を越えた、向こう側にいた。

見ているだけで、不思議な感覚に陥った。神秘に触れたような心持ちになった。

その余韻がまだ続いていた。

縁側に座って足の裏の汚れを払い落とした峯岸と道斎が、肩を並べて座敷へ戻ってきた。

「いいものを見せていただきました」

兵ノ介は、二人に向かって頭を下げた。

その声に、伝一郎の鼾《いびき》が重なった。酔い潰《つぶ》れてしまった伝一郎が、畳に涎《よだれ》を垂らして眠りこけていた。

「おじさん、ちょっといい？」

志津の呼びかけに、帳場の小机に向かっていた伝兵衛は振り向いた。

「なんだい？」

「奥の蔵に誰かいるの？」

「ああ、そのことか。志津さんには話してなかったが、知り合いのお武家さんの息子さんを預かっているんだよ」

「預かってるって感じでもないけど」

「ああ、閉じ込めてる。というのも、少々曰《いわ》くのある息子さんでね」

志津が小鳥のように小首を傾げた。

「ようするに、悪い仲間から引き離すために、私に預けたということだ」

「でもいつもは、蔵に閉じ込めたりはしないわ」

「こんど預かったのは、兵ノ介さんと変わらない年頃で、目を離すと逃げてしまいそうなのだ」

「だから閉じ込めたのね」

志津がようやく得心した。

「吉次が面倒を看《み》ている。志津さんは蔵に近づいたりしないほうがいい」

「うん、そのことはわかった」

「ほかにもなにか？」

「兵ノ介が、まだ帰ってこないの。峯岸先生もいないのよ。まさかとは思うけど……」

「けど？」

「兵ノ介は道場へ行くふりをして、峯岸先生と示し合わせて、出て行ったんじゃないかしら」

「そんなことを考えていたのか。志津さん、案外、心配性だな」

伝兵衛は笑いながらいったが、じつは志津とは異なる理由で、二人の帰宅の遅れを案じていた。

片岡道場へ出向く前に顔を出した兵ノ介から、峯岸がすでに外出したことを、理由も含めて聞いていた。それがいかに危険なことかを理解している伝兵衛は、こんな夜更けになっても戻ってこない峯岸を案じていた。

また兵ノ介が帰って来ないのも、峯岸の首尾と関係があるような気がして、厭《いや》な想像ばかりが膨らんでいた。仕事はとうに片付いていたのに帳場に留《とど》まっていたのも、二人の帰宅を待ってのことだった。

「心配だから道場へ行って確かめてくる」

と志津がいいだした。それを聞いて、

「私も、なんだか気になってきた」

伝兵衛も、このままにはしておけない心持ちになった。

「若い娘に夜道で独り歩きさせるわけにはいかない。店の者を誰か、使いに出そう」

「ありがとう、おじさん。そうしてもらえると助かるわ」

伝兵衛はさっそく手配して、太助《たすけ》という丁稚《でっち》を片岡道場へ向かわせた。

一段落して帳場に座り直した伝兵衛は、二人の帰宅の遅れとは別に気になっていたことを思い出した。

「ところで志津さん」

「なあに？」

「道場へ向かう兵ノ介さんを見送ったとき、兵ノ介さんがこれくらいの根付を」

いいながら伝兵衛は、親指と人差指の間を一寸ほど空けてみせた。

「紐《ひも》を通して首からぶら下げているのを、きょう初めて見たんだが……」

「ああ、あれね。いつも身につけてるようだけど、襟元から食《は》み出してるのを、わたしも見たことがあるわ」

伝兵衛が目にしたのも似たような状況だった。「行ってきます」と兵ノ介が頭を下げたとき、根付が着物の外側へぽろりと転がり出た。気づいた兵ノ介が、すぐに根付を襟元に押し込んだ。

「このごろ目が悪くなったせいか、よく見えなかった。なにかの神様が刻まれていたようだったが、兵ノ介さんからなにか聞いていてないか？」

「兵ノ介からはなにも聞いてないけど、わたし、知ってるわ。あの根付は父上の形見よ」

「一郎太さまの形見？」

「ええ、父上が亡くなる前、縁側に座ってあの根付を眺めていたことがあったの。それなに？って聞いたら、摩利支天の像だって教えてくれた。人から貰《もら》ったともいってたわ」

「……」

伝兵衛は一瞬、息を呑《の》んだ。驚きを顔に出さないように苦労した。

「もしかして、おじさんも欲しくなったの？」

「まあそんなところだ」

伝兵衛はさり気ない口調でいい、

「さて、私はもう一仕事するとしよう」

「じゃあわたしは、母上のところにいるから、太助どんが戻って来たら、声をかけてね」

「うん、そうするよ」

志津が立ち去ると伝兵衛は、帳簿を片付けて小机に頬杖《ほおづえ》を突いた。

——あの根付はやはり、わしが一郎太さまに渡した物だ。だが、それをなぜ、兵ノ介さんが持っている？

一郎太の形見の品を兵ノ介が持っていたとしてもなんの不思議もないが、それだけでは片付けられない複雑な事情を、伝兵衛は知っていた。

——あれは一郎太さまから本来の持ち主に渡ったはず。まさか、兵ノ介さんは一郎太さまの本当の息子ではないのだろうか？

その先は考えたくなかった。伝兵衛は首を強く振った。

「旦那《だんな》さま？」

使いにやった丁稚の太助が帰ってきたが、ぼんやりしていた伝兵衛は、声をかけられるまで気づかなかった。

「おお、太助か、ご苦労だった」

「兵ノ介さんは、もう少ししたら帰ってくるそうです。峯岸先生も道場にいらっしゃいましたが、今夜は道場にお泊まりになるそうです」

丁稚が要点のみをてきぱきと伝えた。

「ご苦労ついでに、志津さんにもそのことを伝えてくれるか」

「はい」

「疲れたから私はもう寝る」

実際、草臥《くたび》れていた。

「おやすみなさい」

「お前も、もう寝ていいぞ」

四

「お加減は如何《いかが》です？」

と伝兵衛が問いかけると、

「お陰さまで、もうじき床上げもできそうです」

障子越しに差し込む陽だまりの中に座っていた郁江が、繕い物の手を止めて答えた。

伝兵衛は志津に用事をいいつけて外出させ、二階にある郁江の部屋に赴いていた。

たしかに郁江は、一段と色艶《いろつや》がよくなっている。身を包んでいるのは普段着で、髪も整え、背筋もしゃんと伸びていた。

「それは良かった」

伝兵衛はいったが、郁江は顔を暗くして俯《うつむ》いた。

「お世話になってばかりで、心苦しい限りです」

蚊の鳴くような声だった。伝兵衛は三日に一度は見舞っていたが、そのたびに郁江は謝罪めいた言葉を口にする。

「その分、しっかり志津さんに働いてもらっていますから」

伝兵衛も、いつもと同じ受け答えをしてから続けた。

「縫ってらっしゃるのは、着物のようですね？」

本当に訊《き》きたいことは別にあるが、いきなり問える内容ではなかった。伝兵衛は、とりあえず会話を繋《つな》いだ。

「ええ、兵ノ介に着せようと思いまして」

郁江が縫っていたのは、よりにもよって兵ノ介の着物だった。しまったと思いつつ、伝兵衛は相槌《あいづち》を打った。

「兵ノ介さんもさぞかし、喜ぶことでしょう」

「だといいのですが、少々、地味すぎる気もしていて」

濃紺の無地の生地である。たしかに地味ではあるが、

「若い人でも似合う色味ですよ」

「そうでしょうか？」

「兵ノ介さんなら、きっと似合いますとも」

伝兵衛が請け合うと、郁江がやっと嬉《うれ》しそうに微笑んだ。その微笑には、子を想う母の情愛が溢《あふ》れていた。

伝兵衛は、とても口にできなくなった。本当に訊きたかったのは、兵ノ介が一郎太と郁江の実の子なのかどうかという、とんでもない問いだったからだ。

十年前のある朝の出来事だった。

伝兵衛は見知らぬ浪人と路上で擦れ違った。そのとき伝兵衛は、店の者を四人連れていた。その日の午後、当の浪人が伝兵衛を一元に訪ねてきた。

浪人は矢萩一郎太と名乗ってから、こんなことをいった。

――いまから七年前の早朝、和泉橋の河原で、今日、あなたと一緒にいた店者《たなもの》の一人、頬に傷のある男が、捨て子から身包《みぐる》み剝《は》ぐのを見た。

矢萩一郎太には、強請《ゆすり》やたかりを働くような卑しさが見受けられなかった。伝兵

衛は因縁を付けられたとは受け取らなかった。

その場は引き取ってもらい、調べてみると一郎太のいった通り、頰に傷のある店者――吉次が、捨て子から絹のお包みと、根付を奪い取って換金していたことが判明した。

それは吉次を雇う前の出来事だったが、雇い主としての責任を感じた伝兵衛は、二つの品を吉次に探させた。七年も前のことだけに、お包みは見つけられなかったが、根付は持ち主がわかり、買い戻すことができた。伝兵衛は一郎太に謝罪するとともに、根付を手渡した。

捨て子は一郎太が拾い上げ、とある知人に託したということだった。一郎太は里親となったその知人に、根付を届けると伝兵衛に約した。それきり伝兵衛は根付のことを忘れていた。

二度と見ることはないと思っていた根付が、なんと兵ノ介の胸にぶら下がっていたのである。

そこから推測できることは、一郎太は捨て子を人には託さず、自分で引き取り、拾い子である事実を隠して、実の子として育てたということだった。

実際、兵ノ介は一郎太と郁江、志津にも似ていない。親子や姉弟《きょうだい》ならあってしかるべき、血の繋がりがもたらす相似というものが、ほとんど見受けられなかった。

ただし、伝兵衛の推測が間違っている可能性もないではなかった。

根付を一郎太に渡したのは、一郎太が亡くなる十日ほど前のことだった。一郎太は里親に届けようと思っていたが、そうする前に死んでしまい、また根付の来歴について家族にも伝えていなかったので、根付は一郎太の持ち物と看做《みな》され、形見として兵ノ介が引き継ぐことになった。

とすれば、兵ノ介は一郎太の実子ということになる。

それもこれも郁江に確かめれば、はっきりする。伝兵衛はそれがしたさに、志津を使いに出して追い払い、その隙に郁江に問い質《ただ》そうとしていたのだった。

だが、兵ノ介のためにいそいそと着物を仕立てる郁江に、

「兵ノ介さんは実の子なんですか？」

などと問えるわけがない。自分の推測が間違っていれば笑い話で済むが、そうでなかったら、これほど残酷な問いもない。

伝兵衛は差し障りのない会話に、終始することになった。

ぷすっ、と音がした。

それで矢が的を射たことはわかったが、的となる案山子《かかし》のどこにも、矢は刺さっていなかった。

一町も離れたところから射られた矢は、正確に的を射貫《いぬ》いたのみならず、ぎっしりと藁《わら》の詰まった案山子をやすやすと貫通していた。

「ううむ」

畦道《あぜみち》に立っていた高杉玄之丞が、射手の技量に感じ入って唸《うな》ったとき、二の矢が宙を裂いて飛んできた。

その矢は案山子の足――太さ約二寸の竹筒――に的中し、
かーん
と乾いた音を響かせた。

竹筒に的中した矢は貫通こそしなかったが、矢羽の手前まで食い込んでいた。

さらに三の矢、四の矢と続いた。いずれも竹筒に中《あた》った。なんと三本の矢が、ほぼ一点に集中していた。

竹筒に亀裂《きれつ》が走った。案山子本体の重さを支え切れなくなった竹筒が、ぐにゃりと折れ曲がり、案山子の頭が下を向いた。

「もうよいぞっ」

玄之丞は大声を放ち、手を振って射手を招き寄せた。

ほどなく駆けつけてきた射手は、粗末な野良着を纏《まと》っていた。年は四十絡みで背丈は並だが、分厚い綿入れでも着込んでいるように、肩の筋肉が盛り上がっている。

「わざわざ来た甲斐《かい》があったぞ、遠藤《えんどう》」

百姓と見えたが、苗字《みょうじ》があった。遠藤は浪人で、ここ大塚新田《おおつかしんでん》の豪農に雇われ、農作業の手伝いで糊口《ここう》を凌《しの》いでいた。

「ますます腕を上げたな。一町先から竹筒を射貫くとは、人の業とも思えぬ」

遠藤が顔を綻《ほころ》ばせた。

「お褒めに与《あずか》り、恐悦至極です」

「その腕を見込んで、折り入って頼みがある」

「なんなりと、お申しつけ下さい。必ず、お役に立ってみせます」

「実はな、人を殺してもらいたい」

遠藤が顔色ひとつ変えずにうなずいた。

「やはり、そういうことでしたか」

以前にも刺客として雇ったことがある遠藤は、玄之丞が会いに来たときから、なんの用件か、うすうす察していたようだった。

「引き受けてもらえるな?」

「もちろん、で、誰を?」

「おぬしも知っておる相手だ」

「もしや?」

「そうだ。峯岸一鬼と矢萩兵ノ介が江戸に舞い戻った。しかも、わしを狙っておる」

「お任せ下さい。それがしにとっても、雪辱を果たす、またとない機会です」

以前遠藤に依頼したのが、ほかでもない、峯岸と兵ノ介の暗殺だった。遠藤は三年も掛けて二人を追い続けたが、見つけ出すことすらできなかった。

「むろん報酬は払う。見事、成し遂げた暁には、仕官も叶《かな》うと約そう」

「ははっ、ありがたき幸せ」

地べたに平伏《ひれふ》した遠藤に、玄之丞は果し合いの日時と場所などを告げ、

「……そのほうは物陰に潜んで、わしの合図を待て。それまでは絶対に、相手に見つかるな。気配を悟られてもならぬ」

と釘《くぎ》を刺した。

兵ノ介ごときに不覚を取るとは思っていないが、峯岸がいる。峯岸は立会人に徹

するど約したが、玄之丞は真に受けていなかった。いざというときの備えが必要だった。

遠藤の弓矢なら峯岸を斃《たお》せる。だが、それには不意を衝くという条件がつく。もし峯岸に伏兵の存在を悟られたら、自分の首を自分で絞めてしまうことになりかねない。

「ご安心下さい」

遠藤がいい切った。「それがしの父は、弓矢で狩りをするのが好きで、私も子供の頃から、野の獣を狩っておりました。そのお蔭《かげ》で野の獣に気配を悟られることなく、近づくことができます」

「そうであったか。それはよいことを聞いた」

「まだ丸一日ありますが、地勢を摑《つか》むためにも、これからすぐに石置場に向かいます。手頃な場所を探し出し、その時が来るまで、穴に籠《こ》もった熊のように潜んでおります」

遠藤が頼もしい言葉を重ねた。

「しかと頼んだぞ」

玄之丞が放った声は、喜びに震えていた。

ちょうど同じ頃。

玄之丞との果し合いを明日に控えた兵ノ介は、片岡道場での稽古《けいこ》を休み、部屋に閉じ籠っていた。

足を蓮華座《れんげ》に組み、両手は下腹の前に重ね、目は半眼——いわゆる坐禅《ざぜん》に耽《ふけ》っていた。

『剣禅一味』なる言葉がある。剣禅一如、あるいは剣禅一致ともいう。

沢庵《たくあん》禅師が柳生宗矩《やぎゅうむねのり》の求めに応じて、説いた思想であり、剣の道と禅はともに生死の間境に立って修行するところにおいて、究極の一致を見る。これを剣禅一味とし、そこから剣の道を極めるには、心の修行、すなわち禅も欠かせないとするものである。

しかし兵ノ介の坐禅は、そんな高尚なものではない。剣禅一味なる言葉すら知らないし、ただ心を落ち着かせるためにやっていることだった。

諸国を流離《さすら》っているとき、兵ノ介は寺の境内で野宿をすることも、たびたびだった。どこの寺だったかは忘れたが、禅寺であったことは間違いない。ともかく、その寺のお堂に、僧侶《そうりょ》が独り、ぽつねんと座っていた。

経を読むでもなく、ただ座している僧侶を見て、

——上手《うま》い具合に、居眠りしてやがる。

仏像の前に置かれた供物を狙っていた兵ノ介は、ほくそ笑んだ。

が、なんだか様子がおかしい。お堂の外にいた兵ノ介からは僧侶の背中しか見えなかったが、眠りこけているにしては、板でも入っているように、背筋がしゃんとしていた。

兵ノ介はしばらく僧侶を見守った。だいぶ経っても、僧侶は微動だにしなかった。

——やはり思った通り、座ったまま眠ってやがる。器用な奴だなあ。

兵ノ介は感心しつつ、抜き足、差し足、忍び足でお堂へ忍び込んだ。仏像の裏側へ廻《まわ》り、念には念を入れて、僧侶を正面から見て確かめた。

——げっ、眠ってなんかいねえ。

僧侶は薄目を開けていた。

それにしても不思議だった。ただぼんやりしているのなら、顔がぼけーっとなりそうなものだが、僧侶はどこか真摯《しんし》な表情を浮かべていた。

では、いったいなにをやっているのか？　ということになる。

考えてみたが見当もつかない。せっかくここまで来たんだからと、兵ノ介はいつ

でも逃げ出せるように身構えて、供物に近づいた。

僧侶のすぐ前で、みかんを二つ掴み取ったが、兵ノ介が視界に入っているにもかかわらず、僧侶は気づいた様子もない。

行きがけの駄賃とばかり、兵ノ介は僧侶のつるつる頭を、ぺしりと叩《たた》いた。

「こらっ、小僧！」

僧侶が叱りつけたときには、雲を霞《かすみ》と逃げていた。そんなわけで、結局、僧侶がなにをしていたのか、わからず仕舞いに終わった。

兵ノ介は、わからないことをそのままにしておけない性質《たち》である。僧侶の真似をしたらわかるかもしれないと思いついた。僧侶の姿を思い浮かべて、坐禅を組んでみた。

やってはみたものの、退屈なだけだった。すぐに止めた。それでも気になる。おりをみては試した。そのうち、なんとなくわかってきた。

黙然と座っていると退屈のあまり、あれこれ考えてしまう。どうでもいい雑念ばかり、浮かんでくる。

ようするに無駄なことをしているとしか思えなくなってくるのだが、そこをぐっと我慢していると、そのうち考えるのも飽きてくる。だんだん頭が空っぽになり、ふと、気づくと意外なほど時が過ぎていて、快眠から醒《さ》めたあとのように、頭も心もすっきりしていた。

十年の悲願を達成できる日が、いよいよ明日に迫っている。どうしてもざわついてしまう心を鎮めるために、兵ノ介は坐禅を組んで瞑想《めいそう》していたというわけだった。

かれこれ半刻《はんとき》近くが過ぎていた。いつものように自然に瞑想から醒めると、血が巡りだしたように意識がはっきりしてきた。

「ふうーっ」

と長い息を吐き出して、兵ノ介は蓮華座に組んでいた足を解《ほど》いた。

「さて」

脇に置いてあった大刀を手に立ち上がり、縁側から裏庭へ下りた。

帯に大刀を差し込み、一拍おいてから、ぱっと足を前後に開くと同時に刃《やいば》を抜いて青眼につけた。

そこからは蠅《はえ》が留まりそうな速度で、大上段に振り上げていく。切っ先が真上を向くと、刃を振り上げたときと同じ速度で下していった。

大刀はそれなりに重い。振りを極度に遅くすると、速く振るうより筋肉に負担がかかる。

兵ノ介は誰に教わったわけでもなく、我流で編み出したこの方法で筋力を鍛えていた。

坐禅と同様、これもやっているうちに気づいたことだが、この方法には筋力を鍛えられる以外の利点もあった。

その利点とはなにか？

大刀をゆっくり振るうことで、ひとつの動きを細かく分析できる。力任せに振るったのではわからない微妙な狂い——体と大刀との間の均衡が崩れること——が、遅く振るうことではっきりする。

狂いを把握できれば、調整が可能になる。体捌《たいさば》きや握りの強さなどを工夫して、さまざまな調整を施していくと、より精緻《せいち》な振りを、我が物にできるのである。

兵ノ介は、さらになんどか同じことを繰り返してから、だんだんと速度を上げていった。

最速に至ると型を変え、また遅いところから始めるといった具合に、一通りの型稽古を、一刻もかけて終わらせた。

五

隆一郎は近づいてくるのが、兵ノ介だとわかっていた。

蔵の扉が開いて、そこから顔を覗《のぞ》かせたのは、はたして兵ノ介で、

「よっ、元気か？」

金網越しに声を投げてきた。まともに対面するのは十年ぶりだが、からかうような口調に聞き覚えがある。兵ノ介は浪人の小倅《こせがれ》のくせに当時から生意気だった。

それを思い出してムッとした隆一郎は、皮肉で応じた。

「お陰さまでな」

だが、いまは口喧嘩《くちげんか》している場合ではない。

「ところで、峯岸先生から話は聞いたか？」

「ああ、聞いたとも」

「俺は親父を殺されても、お前を仇《かたき》と狙ったりはしない」

「それも聞いたが、勝手にするがいい。とにかく、明日にはここから出してやる」

「親父との果し合いは、明日になったのか？」

「そういうことだ。玄之丞が石置場に現れたら、ここへ使いを走らせ、お前を解き放つことになっている」

石置場には兵ノ介と峯岸のほかに伝令役も赴き、玄之丞が石置場へ来たことを確認したらすぐさま一元へ戻って、約束の刻限に隆一郎を蔵から出す手筈《てはず》になっていた。

「俺も見たい」

「果し合いをか？」

「あいつの最期を見届け、死骸《しがい》に唾《つば》を吐いてやりたい」

「お前、それでも人の子か」

兵ノ介が呆《あき》れたようにいった。

「あいつの倅に生まれれば、お前にもわかる」

「そんなにひどいのか？」

「ひどいなんてもんじゃない」

「それにしては、和泉橋で、お前は玄之丞を助けようとしたぞ」

「あれは、ただの成行きだ」

「玄之丞のほうでも、お前を命懸けで護《まも》ろうとしたが」

「なんの冗談だ？」

「お前を飛び越えて、玄之丞が割り込んできたのを、覚えてないのか？」

「覚えてはいるが……」

隆一郎は一瞬、口ごもった。「あれもただの成行きだ」

「そうは思えなかった。捨て身の攻撃だった」

「だとしても、俺を護るためじゃない」

「はあ？」

「高杉家の嫡男を護りたかっただけだ」

「嫡男って、お前のことじゃないか？」

「あいつは、お家のことしか考えていない。嫡男を護ることも結局、お家のためだ」

この話になるとつい興奮してしまい、自分でもなにがいいたいのか、よくわからなくなった。

「とにかく、お前まで殺す気はない」

付き合っていられないとばかり、兵ノ介が踵《きびす》を返した。

「おいっ、待て！　訊《き》きたいことがある」

「なんだよ？」

「お前、さっき妙な稽古《けいこ》をしていなかったか？　音が変だった」

蔵の厚い壁を通して、大刀を振るう音が聞こえていた。ただその音の間隔にばらつきがあったり、音そのものが変化するなど、通常の稽古で耳にするものとはまるで違っていた。

隆一郎はそれが気になって仕方がなかった。訊いても喋《しゃべ》るまいと思ったが、駄目でもともとと問いをぶつけていた。

「ああ、そのことか、あれはな……」

意外にも兵ノ介は、稽古の内容をあっさりと打ち明けた。

「なんのために、そんなことを？」

「まあ、いろいろだ」

「そこまで話したんだ。もったいをつけるな」

「やってみればわかる」

それだけいうと、兵ノ介が再び、踵を返した。

日中は蔵の窓――もちろん鉄格子が嵌《は》まっている――から光が差し込むので、兵ノ介が扉を閉じて立ち去っても、蔵の中は明るかった。

蔵の中には、壁際に酒樽《さかだる》を積んである以外、金網の引戸を開けるために木枠に設けられた径三寸の丸い穴から差し入れられた握り飯の食いさしと、水甕《みずがめ》、それに見るのも厭《いや》になっている糞尿《ふんにょう》用の壺《つぼ》しかなかった。

すでに何度もしたことだが、隆一郎はもう一度、隅から隅まで探し直してみた。なんでもやってみるものだ。なにかの拍子に落ちたのを店の者も気づかず、そのまま忘れられていたらしい。酒樽と壁の間の狭い隙間に、竹箒《たけぼうき》が挟まっていた。

隆一郎は隙間に手を突っ込んで竹箒を引っ張りだした。箒の先を外して、竹筒の柄だけにすると、ちょうど竹刀と同じくらいの長さがあった。

ゆっくりと箒の柄を振ってみたが、なにがどうということもない。ほかにすることもないのでしばらく続けたが、竹筒が軽いせいか、ただ手を振るのとなんら変わりはなかった。

――俺はなにをやっているんだ。

兵ノ介がしていた稽古を真似ていたことに、いまさらのように気づいた隆一郎は、はっとした。

汚い物でも捨てるように箒の柄を放り出した。箒の柄が、からんころんと転がっていく。

――うん？

ふと思いついた。箒の柄が別の用途にも使えることに。

窓から差し込む陽が弱くなり、蔵の中が薄暗くなってきた。ほどなく夕飯が届けられる頃合だった。

すでに準備は整えてある。あとは待つだけだった。

隆一郎はあれからすぐ、竹箒の柄を金網の隙間に突っ込んで、ぐりぐりと掻《か》き回し、金網の隙間を拡げる作業に没頭した。腕が楽に通る穴ができると、そこから箒の柄を金網の向こう側へ出した。

上半分が金網になった引戸は、下部に固定してある二つの金具に鉄の棒を差し込み、蔵の土台に開けてある穴まで押し込んで、施錠する仕組みになっていた。鉄の棒の先端は、抜きやすいように直角に曲がっていた。

そこに箒の柄の先に付いていた紐《ひも》の輪を引っ掛けて鉄棒を引き抜いた。それから引戸を開いた――という次第だった。

暮れ六つ（午後六時）を告げる時の鐘が聞こえてきた。最後の一打が撞《つ》かれる前に、蔵の扉がぎいと開いた。

隆一郎は蔵に入って来ようとする人影に向かって、構えていた箒の柄を槍《やり》のように突き出した。

「うっ」

と呻《うめ》き声を上げて、前のめりに蔵の中へ転がり込んできたのは、いつも食い物を届けにくる店者《たなもの》だった。隆一郎は店者の懐を探って、財布と匕首《あいくち》を奪い取った。

「おい、まだ気を失うな」

隆一郎は、店者の頬を平手で張った。睨《にら》み返してきた店者に、

「俺は屋敷へは戻らない。兵ノ介にそう伝えておけ」

それだけいうと、店者の首に手刀を打ち込んで気絶させ、半開きになっていた蔵の扉から、顔を出して外の様子を窺《うかが》った。

あたりには誰もいなかった。外へ出た。

蔵は高さ六尺ほどの黒板塀に囲まれた裏庭の一角に建っていた。店の表へ廻《まわ》ると誰かに見つかってしまう。隆一郎は塀を乗り越えることにした。塀を攀《よ》じ登り、向こう側へ飛び降りようとしたときだった。

「待ちなさい」

凛《りん》とした女の声に、呼び止められた。隆一郎が思わず振り向くと、囚《とら》われた日に

一元の店先で見たあの娘が、胸高に腕を組み、こっちを睨みつけていた。

「あなたがしようとしていることは、自分自身から逃げるようなものよ。いま逃げたら、一生、後悔するわよ」

娘がなにがいいたいのか、さっぱりわからなかった。隆一郎は心の中で首を捻《ひね》りつつ、路地に飛び降りた。

「誰か来て、誰か！」

娘が大声で騒ぎだした。隆一郎は曲りくねった路地を、駆け抜けた。

一元からだいぶ遠ざかり、追っ手のないことがわかってからは足を緩め、両国橋のほうへ進路を取り直した。

兵ノ介に伝言したように、屋敷へ戻る気はさらさらない。そんなことをしたら、明日の果し合いが中止になり、ひいては玄之丞が生き延びてしまう。

隆一郎は果し合いを見物し、兵ノ介に玄之丞が討ち果たされるのを、その目で見届けたかった。見届けてから、現場の後始末をすることまで考えていた。

果し合いがあった事実を隠蔽《いんぺい》しないと、高杉家が取り潰《つぶ》されてしまう。それを防ぐには、玄之丞の死骸《しがい》を回収し、人目に触れることなく、屋敷まで運ばなくてはならない。

それさえすれば、いくら外傷を負った死骸でも、病死ということにしてもらえる。そして欲しい物が、すべて手に入る。

人の道に反する企てを抱きつつ、隆一郎は嬉々《きき》として歩を進めた。両国橋が見えてきた頃には、頭の中で段取りを組み終わり、どうでもいいことを振り返っていた。

——それにしても、あの娘、なにがいいたかったのだろう？


「取り返しのつかないことをしてしまいました」

兵ノ介に抱き起こされて息を吹き返した吉次が、真っ先に口にしたのはそれだった。

「逃げたものは仕方がない。それより吉次さん、怪我は？」

兵ノ介は優しい言葉をかけたが、内心では忸怩《じくじ》たる思いだった。

伝兵衛、峯岸とともに夕餉《ゆうげ》の膳《ぜん》を囲んでいたとき、志津の声を聞きつけた兵ノ介は、真っ先に蔵へ駆けつけた。志津から隆一郎が逃げたと聞いてすぐに追跡しようと思ったが、そのときにはすでに隆一郎の気配は、かなたへ遠ざかっていた。

大事な人質に逃げられてしまい、玄之丞との果し合いは幻と消えた——。

「大したことはありません。そんなことより、奴は逃げる前に、こんなことをいってました」

「なにを？」

「俺は屋敷へは戻らない。そう伝えろと」

「屋敷へは戻らない？」

意味を測りかねた兵ノ介は、鸚鵡《おうむ》のように繰り返した。自分の声を聞いて、まだ望みが絶たれていないことに、ようやく気づいた。

「このまま家出して、悪い仲間のところへ駆け込むつもりなのよ」

吉次を挟んで反対側にいた志津が、したり顔でいった。

更生のために隆一郎を蔵に閉じ込めている。志津にはそう説明したと、兵ノ介は伝兵衛から聞いていた。伝兵衛にそう思い込まされた志津が、とんちんかんな当て推量をするのはもっともなことだったが、

――姉ちゃんにいられると、したい話もできない。

そう思った兵ノ介は、

「まったくだ、姉ちゃん、本当に馬鹿な奴だよな」

志津に合いの手を入れ、それから吉次に向き直った。

「もう立てそうですか？」

「ええ、なんとか」

と答えた吉次を、兵ノ介は手を貸して立たせた。倒れた際に負ったものか、吉次の額に擦りむいたような傷があった。

「姉ちゃん、手当てをしてあげてくれないか？」

「いいえ、ただの掠《かす》り傷です」

兵ノ介の気持ちも知らず、吉次が余計な断りを入れたが、

「いいから一緒に来て」

志津が吉次の手を引いて母屋に連れて行った。

兵ノ介も蔵から出ると、外に立っていた峯岸がいった。

「隆一郎のことは、いいから放っておけ。あやつが屋敷へ戻らぬと、わざわざいい残していったのは、果し合いの邪魔をする気はないと伝えたかったからだ。人質が逃げたことを知らぬ玄之丞は、約束した刻限に、果し合いに出向いてくる」

「そのことは俺も気づいたが……」

それはそれとして、兵ノ介は一抹の不安を抱いていた。

「が、とはなんだ？」

「隆一郎は、親を見捨てることになる。やっぱりそんなことはできないと、いつ気

が変わるか、しれたものではない」

気が変われば、隆一郎は屋敷へ戻る。明日の果し合いは、ご破算になる。

「賭《か》けてもいい、あやつは本気で玄之丞の死を願っておる」

「……」

「子が親の死を願うとは悲しい限りだが、そういう話は巷《ちまた》にいくらでも転がっている。むしろ親子ゆえに、憎しみが増すこともあります」

口を添えたのは伝兵衛だった。

兵ノ介も、自分が少々、過敏になっていたかもしれないと思い直した。

「わかりました」

伝兵衛が、眉間《みけん》に皺《しわ》を寄せ、ひとり言のように続けた。

「皮肉にも玄之丞は、倅《せがれ》に死を願われているとは露知らず、その倅を助けたいがために果し合いに応じることになる。そう思うと憐《あわ》れですらあるが、こちらにとっては都合がいいともいえる。隆一郎は親を討たれても、決して口外しないだろう。どころか、すすんで隠そうとするはず」

「伝兵衛殿のいう通りだ」

峯岸が大きくうなずいた。「果し合いのことが揉《も》み消されてしまえば、わしらが公儀に追われることもなくなる」

「うーん」

兵ノ介には、なんとなく釈然としない気分が残った。

「なにが気になる？」

と訊《き》いたのは峯岸だった。

「自分でもよくわからない」

「お前が仇《かたき》を討てば、隆一郎の願いが叶《かな》う。そう思うと、隆一郎に手を貸すようで厭《いや》なのだろう」

「そうかもしれない」

「いっそ仇討《あだう》ちを止めるか？」

「いや、それはない」

「だったら割り切れ。迷いを残すと、思わぬ不覚をとるぞ」

「……」

「わしならこう考える。玄之丞はなんの罪もない一郎太殿を、虫けらのように殺させた。倅を護《まも》ろうとした一郎太殿を、だ。その玄之丞が倅を護るためにあの世へ逝く。まさに因果応報というものだ」

「なるほど」

それを聞いて、兵ノ介は目の前の霧が晴れたような気がした。

「とにかく、果し合いの場に臨むまでに、気持ちを整理しておけ」

「いや、もう吹っ切れた。ありがとう、爺《じじ》ぃ」

兵ノ介は、心から峯岸に感謝した。

第四章

一

厚い雲が隙間なく空を覆っている。夕刻と見紛《みまが》うような薄暗い空の下に、灰色に沈んだ渺茫《びょうぼう》たる石の荒野を、きょうも冷たい筑波颪《つくばおろし》が吹き荒れていた。

ごーん

朝五つを告げる鐘の音が、腹に染みこむように重く響き始めた。と同時に、

「来ましたーっ」

吉次が叫びながら、石置場の広場へ駆け込んできた。

「きゃつは独りか?」

峯岸が確認する。

「はい、馬に乗って独りで。間もなくここに現れます」

地べたに胡坐《あぐら》を掻《か》き、腕を組んで黙想していた兵ノ介は、肩に立てかけていた大

刀を手に立ち上がった。帯に大刀をきゅっと差し込み、峯岸の目を見ていった。

「いよいよだな、爺ぃ」

「ああ、いよいよだ、若造」

峯岸が感慨を込めて返した。

「兵ノ介さん」

なぜか吉次が、腰の前に手を重ねた。

「なんです？」

「ご存じないでしょうが、手前は一郎太さまに深い恩義があります。一郎太さまの無念、存分に晴らしてあげて下さい」

なんの恩義だろうと思わぬでもなかったが、兵ノ介は自分を奮い立たせるためにも、力強くいい放った。

「晴らさずにおくものか！」

畳が百枚は敷けそうな四角い広場は、三方を石積みの山で囲まれている。盆地のようになっていて、風もあまり吹き込んでこなかった。

兵ノ介は広場に繋《つな》がる通路の先へ目を凝らした。灰褐色に染まった風の中に、馬上の人影がうっすらと見えた。

馬も人も大きい。笠《かさ》を被《かぶ》っていても、玄之丞だとわかった。

やがて、ぽくぽくという蹄《ひづめ》の音も聞こえてきた。玄之丞も兵ノ介の姿を認めたらしく、馬腹を軽く蹴《け》って馬を急がせた。

玄之丞が広場の入口で手綱を引いて馬を止めた。鞍上《あんじょう》からひらりと飛び降り、そこからは歩いてゆっくりと近づいてきた。その顔に表情がない。

「吉次、戻って隆一郎を解放しろ」

峯岸が玄之丞にも聞こえるように大声でいった。

「承知しました」

と吉次が、玄之丞の脇を迂回《うかい》して駆けていった。いうまでもなくそれは、玄之丞を騙《だま》すための芝居だが、玄之丞は吉次に視線すら向けなかった。

「よく来たな」

と峯岸が声を投げても、

「……」

玄之丞は足を止めただけだった。

「さっさとあの世へ旅立ちたいらしい。兵ノ介、引導を渡してやれ」

峯岸が神経を逆撫《さかな》でするように言葉を重ねても、玄之丞は顔色ひとつ変えず、笠を取って仰向《あおむ》けに地面に置くと、羽織を脱いでその上に重ねた。懐から取り出した襷《たすき》で着物の袖《そで》を絞り、大刀の柄《つか》に両手を重ね、それから兵ノ介に体を向けた。

峯岸が兵ノ介のそばを離れて、玄之丞と兵ノ介を真横から見られる位置についた。

「いまさらいうまでもないが、父、矢萩一郎太の仇を討たせてもらう。覚悟しろ」

兵ノ介はいいながら、右手で大刀を抜いた。左手は添えず、大刀をだらりとさせる。

玄之丞が視線を降ろして、兵ノ介の大刀の切っ先を見詰めたが、池を泳ぐ鯉をのんびりと眺めているような、長閑《のどか》な佇《たたず》まいだった。

和泉橋で襲撃したときも、玄之丞は左利きの構えを取って兵ノ介を困惑させた。いまこうして一言も口を利かず、闘志すら露《あらわ》にしないのも、明らかに手を変えた奇策と思われた。

いまさらそんな手に乗る兵ノ介ではなかったが、猿でもわかる奇策を、あえて仕掛けてきた理由が気になった。

――俺を苛立《いらだ》たせるためか？

素直に考えればそうなる。ただでさえ、十年越しの悲願を達せんと、兵ノ介は熱くなっている。ここでこんな振る舞いをされたら、なんだこの野郎！　もっと熱くなる。

試合は熱くなったほうが負ける。つまり、兵ノ介が返り討ちにされる。

だが、兵ノ介は熱くなってなどいなかった。一刻《いっとき》前に石置場へ着いてから、ずっと瞑想《めいそう》していた。

心に小波《さざなみ》も立っていない。いわゆる平常心を保ち、実力を存分に発揮できる状態にあった。

そういう意味では、玄之丞のほうが読み違えていることになる。だったら、迷うことなく仕掛けていいのだが……。

玄之丞はさらにその裏をかいて、罠《わな》を張っているような気がしないでもなかった。

——面倒くさっ。

兵ノ介は、手首をくるりと回転させ、刃《やいば》を鞘《さや》に戻した。柄の上に両手を重ね、玄之丞とそっくり同じことをした。

玄之丞の顳顬《こめかみ》が、ぴくぴくと脈打った。兵ノ介はにやりと笑い、顳顬に指を当てて上下に動かした。

「いまここが、こんな風になったぞ」

「なにっ！」

兵ノ介にからかわれた玄之丞が憤然と息巻いた。が、心を乱されたと気づくや、口の先を窄《つぼ》め、蠟燭《ろうそく》を吹き消すように、ふっと息を吐いた。

息を吐き終えたときには、怒りの表情が掃いたように消えていた。

もはや奇策の通じる相手ではないと悟ったのだろう。玄之丞は鞘を返すや、鯉口《こいぐち》を切り、しゃらりと大刀を抜き放ち、青眼につけた。

一連の淀《よど》みのない所作は惚《ほ》れ惚《ぼ》れするほど美しく、ぴたりと決まった鉄壁の構えには、一分の隙もなかった。

まるで大刀と一体となったかのように、玄之丞の大きな体が、薄い刃の陰に隠れていた。やはり玄之丞は、並大抵の相手ではない。怖るべき強敵だった。

——初手で決めないと面倒なことになりそうだ。

兵ノ介の勝負勘が告げた。長引かせると、勝機を逃してしまいそうな予感がした。

いざっ！　兵ノ介は決然と行動を起こした。無造作に、つかつかと玄之丞へ歩み寄っていった。

間合いを踏み越える一歩手前で、大刀を右手で抜いた。左手を峰に添え、刃を押し出すように斜めに斬り上げた。

玄之丞の目の端にちらりと喜色が浮かんだ。玄之丞が切っ先を下げつつ右へ、兵ノ介から見ると半歩、左へ動いた。

——しめた！

兵ノ介は思った。

玄之丞は、兵ノ介の大刀の長さをもってしても、半歩の動きで躱《かわ》せると確信している。さらに兵ノ介の刃が空を斬った刹那《せつな》、懐へ飛び込めば、おのれの刃が兵ノ介の胴を斬り裂くとも。

それこそが、兵ノ介の描いた絵図面に嵌《は》まったとも気づかずに——。

兵ノ介は峰に添えていた左手を、大刀の柄頭へ瞬時で移動させた。左手で柄頭を握るやいなや、左腕を伸び切るところまで突き出した。

ただでさえ長大な刃に、柄の長さを加えていた。切っ先がぐんぐん伸び、玄之丞の喉《のど》へ迫った。

玄之丞が目を剝《む》いて仰《の》け反った。

もしこのとき仰け反っただけなら、兵ノ介の刃に刺し貫かれていただろうが、玄之丞は仰け反ると同時に首を大きく曲げ、辛うじて兵ノ介の刃から逃れていた。

さすがに逃れ切ることはならず、玄之丞の頰から額にかけて赤い線が走った。

後先を考える余裕もなく、兵ノ介の攻撃から逃れた玄之丞が大きく体勢を崩した。

後ろ向きに蹈鞴《たたら》を踏んで立て直そうとしたが、足がついていかず、地面に尻餅《しりもち》をついた。

「ええいっ！」

兵ノ介はすかさず殺到し、上段から刃を叩《たた》きつけた。玄之丞が大刀で我が身を庇《かば》った。刃と刃が直角に交わり、火花が散った。

兵ノ介の刃は、玄之丞のそれに半ばまで食い込んだが、玄之丞の体には届かなかった。玄之丞を刀ごと断裁する勢いで、兵ノ介は刃に体重を乗せた。

玄之丞が必死に押し返してくる。

「うおおおーっ」

額に青筋を浮かべ、兵ノ介は力を振り絞った。堪《こら》えきれなくなった玄之丞の背中が、地面についた。額と額が触れ合うほどに近くなり、兵ノ介の顔から噴き出した汗が、ぽたぽたと玄之丞の顔に滴り落ちた。

玄之丞が兵ノ介の腹を膝《ひざ》で突き上げた。一瞬、兵ノ介の力が抜け、その機を捉《とら》えた玄之丞が、兵ノ介を押し退《の》けた。

兵ノ介は素早く体勢を整えたが、すでに半身を起こした玄之丞が、大刀を左右に振り回していた。

それは攻撃というより、恐怖にかられた行動でしかなかったが、うっかり近づくと、足を斬られてしまう。兵ノ介は止むなく攻撃を止め、

「さっさと立て」

と玄之丞を促した。立ち上がり際を襲う意図がないことを示すために、間合いを開けた。

玄之丞が、地面に大刀を突いて立ち上がった。無様な姿を晒《さら》したおのれに怒ってもいるのだろう。頬から流れ出た血で顔を染めた玄之丞は、まさに赤鬼の形相に変わっていた。

が、それも、再び大刀を構え直すまでのことだった。

玄之丞が八双《はっそう》につけたときには、能面のように表情が消え、付け入る隙がなくなっていた。

「爺《じい》、俺たちは先に行く。少し休んでから追ってこい」

朝五つをだいぶ過ぎている。二度とない見世物を見逃してしまう。焦った隆一郎は、歩みの遅い年寄りを、もてあましていた。

村井は老骨に鞭打《むちう》って頑張っていたが、隆一郎の我慢も限界に達していた。

昨夜、隆一郎は、本所の控え屋敷の長屋門の一室に、母には内緒で泊まった。そして今朝、屋敷の警備を任されている玄之丞の配下衆六人を引き連れ、石置場へ向かおうと屋敷を出たときだった。

「若様」

用人の村井が声をかけてきた。村井は隆一郎を捜しに来たらしく、

「やはり、こちらにおられましたか」

と安堵《あんど》の息を漏らした。

六人でじゅうぶん手は足りるが、村井は果し合いの事後処理を指揮させるのに、うってつけの人物だった。村井もいたほうがいいと隆一郎は即断した。

「爺、ちょうどいいところに来た」

「と申しますと？」

「爺の手も借りたほうが良さそうなのだ。ちょっと遠いが、一緒に来てくれるか？」

「それがしの手を借りたいとは、はて、どのような？」

六人は理由を説明しなくても、一緒に来いといっただけで従っていた。村井はそうはいかなかった。

「いや、じつは俺もよく知らない。というのも父上からは、石置場へ頭数を揃えて来いとしか指示されていない」

「石置場ですと……」

村井が怒ったような訝《いぶか》ったような、よくわからない表情を浮かべた。それでも了解した。

「とにかく、行ってみるしか、ございませんな」

と、そんな遣《や》り取りを経て、村井も同行することになったまではよかったが、七十近い年寄りの歩みに合わせなくてはならず、朝五つを告げる時の鐘が鳴り始めたときもまだ、石置場まで三、四町を残していた。

そしてやっといま、石置場の入口に辿《たど》り着いたところだった。

「申し訳もございませんが、そうさせて戴《いただ》きます」

村井が応じた。「で、どこへ参ればよろしいので？」

隆一郎も詳しい場所までは知らなかった。それを捜す手間もあって、焦っていたのである。

「爺はここにいろ。場所がわかったら、誰かを戻して案内させる」

「承知しました」

「行くぞ」

隆一郎は六人とともに走り出した。石置場の敷地に入ると、ふと、兵ノ介と野試合をした広場のことを思い出した。

確実とはいえないが、その広場が果し合いの場になる公算が高い。とりあえずそこを目指すことにした。

やがて通路の先に馬が見えた。遠目にも玄之丞の愛馬だとわかった。

十年ぶりに訪れた石置場だが、景色はほとんど変わっていない。馬がいるのも、あの広場の入口あたりだった。

「半平太《はんぺいた》、爺を連れに戻れ」

隆一郎は駆けつつ、配下衆の一人に命じた。石置場の広場まで、あと一町足らずになったとき、ふいに三間ほどの巾《はば》がある通路の左右から、それぞれ人影が現れた。

向かって左側から現れたのは、隆一郎が一元から逃げた際、気絶させたあの店者《たなもの》で、右側は片岡道場の道場主だった。

片岡はなんと白装束を纏《まと》っている。

その姿にぎょっとして、隆一郎は立ち止まった。同行していた五人の配下衆も、いっせいに足を止めた。片岡が木刀を構えていい放つ。

「命まで絶つ気はないが、誰にも邪魔はさせぬ」

白装束が死んでもここは通さないという意志の顕《あらわ》れだとわかったが、片岡は木刀まで白無垢《しろむく》で統一している。

——おいおい、いい年をして、そこまでやるか。

隆一郎は腹の底で苦笑した。

「左側の男は俺が斬る。爺さんは、お前たちに任せたぞ」

五人はそれなりに遣える。片岡がどれほどの腕前かは知らないが、五人で掛かれば殺せると隆一郎は判断していた。

「殺せということですか？」

一人が蒼褪《あおざ》めた顔で確かめてきた。ほかの四人も棒を呑《の》んだように固まっている。

今後のことを考えると、五千石の大身旗本ともあろう者——玄之丞が、果し合いをしたことが外部に漏れると都合が悪い。二人を生かしておくわけにはいかなかった。

「父上が俺に、そうしろと命じられたのだ」

隆一郎は虎の威を借り、五人を説得する手間を省いた。

「ははっ」

も承諾した。


「畏《かしこ》まりました」

主《あるじ》の命は絶対である。主が白といえば、黒いものでも白くなる。五人は訝りつつ

隆一郎は地面を蹴《け》って駆けだした。

「お前も懲りない奴だな」

控え屋敷で調達した大刀を鞘走《さやばし》らせ、店者に斬りかかった。

「ぎゃあぁぁ〜」

匕首《あいくち》を握った店者の腕が宙に飛んだ。

「待て！」

と片岡が鋭く声を飛ばしてきたが、隆一郎は背中で聞き流した。ほどなく、馬の背中越しに玄之丞の姿が目に飛び込んできた。

玄之丞は顔を血塗《ちまみ》れにしているが、まだ生きていた。兵ノ介も対面する位置に立っていた。果し合いはまだ終わっていなかった。

——間に合った。

隆一郎は心のうちで快哉《かいさい》を叫んだ。

玄之丞が血反吐《ちへど》を吐いて倒れる姿を、苦痛とこの世への未練に顔を歪《ゆが》めて地べた

をのたうち廻《まわ》る様を、見逃さずに済んだ。そのことを隆一郎は、なにより喜んだ。

そこからは物陰を拾いながら広場へ近づき、積み石の陰から広場をそっと覗《のぞ》き込んだ。

兵ノ介に無言の声援を送りながら、隆一郎はその時が来るのを待った。

二

あれきり、膠着《こうちやく》状態に陥っている。そうなったのは、玄之丞が勝負を捨て、防禦《ぼうぎよ》に徹するようになったからだった。

——初手で決めないと面倒なことになりそうだ。

という兵ノ介の予感が、最も厭《いや》な形で的中していた。むしろ初手に全力を注いだことが、皮肉にも玄之丞に警戒心を与えてしまい、望まぬ結果を招き寄せていた。

隆一郎がすでに自力で逃げたことを玄之丞は知らないが、約束の刻限になれば、人質は解放されるものと信じている。闘って命を落とす危険を冒すより、この場から逃れ、後日を期せばいいと、考えを改めてしまったのだ。

防禦に徹せられても、必ずしも攻め難《にく》くなるわけではないが、玄之丞ほどの遣い手となると困難を極める。

おそらくそれが一番の武器でもあるのだろう。玄之丞は相手の剣気を読むことに長《た》けていた。つまり、先んじて対応できた。

兵ノ介が前へ出ようと考えただけで、するすると後退してしまう。ならば広場の隅へ追い込もうとすると、それも読んで即座に廻り込む――というイタチごっこの繰り返しで、兵ノ介は間合いを詰めることすらできなくなっていた。

なにかきっかけを摑《つか》まないと、この局面はとても打開できそうにない。しかも玄之丞は、馬の位置を確かめるように、ちらちらと視線を送るようになっていた。

こうなると、焦りを覚えるのは兵ノ介のほうだった。焦りは死に直結する。兵ノ介は焦る気持ちを抑え、懸命に打開策を模索した。

二人の勝負を見守っていた峯岸が動きだしたのはそのときだった。

峯岸は馬に近づき、退路を断つと同時に、玄之丞を挟み撃ちにできる位置についた。

「約束が違う。卑怯《ひきよう》だぞ、峯岸！」

玄之丞が声を荒らげて罵《ののし》ったが、峯岸は薄笑いを浮かべていった。

「勝負を捨てたおぬしのほうが、よほど卑怯というものだ」

「むむっ」

玄之丞が悔しげに唸《うな》った。

「それにわしは、手出しをするつもりはない。尋常な勝負に馬は要らぬと思ったまでのこと」

峯岸が平然とうそぶいた。

「爺《じじ》ぃ、あんたのほうが役者が上だな。ただし、絶対に手出しはするなよ」

兵ノ介は峯岸に釘《くぎ》を刺した。峯岸のお蔭《かげ》で局面を打開できるきっかけこそ摑めたが、それ以上の助力は望んでいなかった。

「つべこべいわず、さっさと掛かれ！」

「おう！」

兵ノ介は玄之丞へ滑るように向かった。

――な、なんだ？

思わず足が止まったのは、玄之丞がおよそこの場に相応《ふさわ》しくない行動に出たからだった。あらぬほうへ体を向け、頭上に掲げた大刀を振り回していた。

追い詰められて度を失ったとしか思えなかったが、直後、兵ノ介の視界の端を、なにかが掠《かす》めた。

それが矢だと気づいたときには、峯岸が前のめりになっていた。その背に矢羽が生えている。右へ左へよろめきながら、峯岸がつんのめった。

「爺ぃ！」

兵ノ介の叫びに、

「むんっ！」

という押し殺した気合が重なった。

まるで大きな鳥が、目の前で翼を拡げたかのようだった。刀を上段に掲げた玄之丞が、兵ノ介の眼前まで迫っていた。

兵ノ介は後ろへ仰《の》け反り、玄之丞の打ち下ろしの一閃《いっせん》を辛うじて躱《かわ》した。着物の胸をざっくりと斬り裂かれたものの、肌は浅く掠られた程度で済んだ。

痛みが伝わってくる前に、兵ノ介は右足の踵《かかと》を軸にくるりと半回転した。軸足を変えてもう半回転したとき、銀色の光が目の前を通り過ぎた。

太刀風に煽《あお》られるままに、兵ノ介は後方へ跳んだ。着地した瞬間、玄之丞が返す刀で薙《な》いできた。その薙ぎを大刀で払ったが、咄嗟《とっさ》のことで柄《つか》の握りが不十分だった。

きーん

大刀が唸りを上げ、かなたへ弾《はじ》き飛ばされた。

玄之丞が、嵩《かさ》にかかって攻めたててきた。もう地面に倒れ込むしか、兵ノ介には逃れる術《すべ》がなかった。

「死ね！」

と玄之丞が放った突きを、どうやって躱したのか、自分でもわからなかった。耳のすぐ横に、大刀が突き刺さっていた。

「死ね、死ね、死ね！」

玄之丞が髷《まげ》を振り乱して突きを繰り返した。そのたびに、ぐさぐさと身の毛もよだつ不気味な音が、兵ノ介の耳朶《じだ》を打った。

「ええいっ！　ちょこまかと逃げおって！」

玄之丞が、こんどこそ決めてやるぞとばかり、大刀を引き寄せて狙いを定めた。

そのわずか一拍が、兵ノ介を救った。

夢中で放った蹴りが、玄之丞の足にまぐれで当たった。膝《ひざ》の皿が割れたような感触があった。玄之丞が蹴られた右膝を折って蹲《うずくま》った。

兵ノ介は反動をつけて飛び起き、玄之丞の顎《あご》を下から思い切り蹴り上げた。後ろ手に、腰裏に差していた木刀を引き抜き、地面に仰向《あおむ》けに倒れた玄之丞に歩み寄った。

玄之丞が顔を上げた。首が据わらない赤子のように頭がぐらぐらと揺れ、目の焦点も定まっていなかった。

その顔を目掛けて木刀を振り上げたとき、兵ノ介の全身を殺気が貫いた。

——しまった！ 弓のことを忘れていた。

兵ノ介は咄嗟に地面につっ伏した。音が線になって背中の上を通り過ぎた。

矢鳴りで射手の潜んでいる場所の見当をつけた兵ノ介は、石積みの山に向かって走った。飛び石を踏むようにぽんぽんと跳ね、急斜面を駆け登っていく。

射手は、兵ノ介の姿を見失ったらしく、続く矢を放ってこなかった。慌てふためいた射手の息遣いが聞こえるようになったところまで接近すると、兵ノ介はいったん止まり、手近にあった拳大《こぶし》の石を拾い上げた。射手のほうへ放り投げた。

がしっという音がして、投げた石が宙で砕け散った。

瞬時の対応力もさることながら、射手は動く的——それも拳大の石に矢を的中させていた。まだ見ぬ敵は、相当な弓矢の名手に違いなかった。

兵ノ介は石の山の頂まで一気に這い登った。さすがに名手だけのことはある。射手は次の矢を番《つが》え終え、兵ノ介に鏃《やじり》の先を向けるやいなや矢を放った。

だが、放たれた矢が、兵ノ介を貫くことはなかった。兵ノ介が投げた木刀が、矢《や》幹《がら》に当たり、矢の軌道が大きく逸《そ》れていた。

兵ノ介は、愕然《がくぜん》となった射手の襟元を摑み、股《また》に手を入れて担ぎ上げた。

「爺ぃの仇《かたき》だ！」

思い知れとばかり、射手を広場へ放り投げた。

「うわわわあーっ」

悲鳴が尾を引き、射手は三丈（約九メートル）下の地面に頭から激突した。もちろん即死だった。

兵ノ介はそこまで見届けると、木刀を拾って石の山を下っていった。

「はあ、はあ、はあ……」

一部始終を目撃していた隆一郎は、おのれが闘ったわけでもないのに、息を荒らげていた。二転、三転する展開に、はらはらし通しだった。

玄之丞が忍ばせていた伏兵に峯岸を射させ、形勢を一気に逆転したときには、己《おの》が野望が潰《つい》えたとさえ思ったものだった。

それもこれも、もうじき幕が引かれようとしている。待ちに待った時が、寸前まで迫っていた。

期待に胸を弾ませた隆一郎は、背後から近づく足音を聞き逃した。

石置場の入口付近で休息した村井は、迎えの者が現れるのを待たずに独りで歩きだしていた。

そうせずにいられなかったのは、隆一郎の口から「石置場」と聞いたときから、胸騒ぎがしていたからだ。

その目で見たわけではないが、村井は十年前、この石置場で起きた惨劇を知っていた。隆一郎が矢萩兵ノ介と野試合をしたこと、またそれがきっかけとなり、兵ノ介の父・一郎太が時任陣八郎に斬殺《ざんさつ》されたことまで把握していた。

もっともそれは、高杉家の用人だから知り得たことではなかった。

玄之丞は先代の遺言に従い、村井を用人として起用し続けてはいたが、内心、煙たがっており、村井を無視することが多々あった。村井はいわば、飾り物の用人だった。

十年前に起きた一連の出来事にしても、玄之丞は村井にはなにも教えず、相談もしなかった。こっそりと事を進めた。

なにがきっかけで気づいたかは、遠い過去のこととして村井もすでに忘れているが、隆一郎の周辺で、ただならぬことが起きていると感づき、独自で情報を収集したのである。

その情報に基づいて組み立てた推測だけに、全貌《ぜんぼう》は捉《とら》えきれなかった。

また玄之丞に、自分の行動を察知されないよう配慮しなくてはならなかったために、情報を摑《つか》むのが遅れてしまい、適切な対処をすることができなかった。

野試合が行われるとわかったのも当日の朝で、なんとか止めさせようと画策したが、果たせなかった。一郎太が斬殺されたと知ったのも、後日のことだった。

村井は隆一郎が無事に戻ったことを良しとして、玄之丞がしたことを追及しなかった。なにも気づかなかったふりをし、一件について知り得たことはすべて、墓まで持っていく覚悟だった。

葬り去ったはずの過去が、なんらかの形で甦《よみがえ》ろうとしているのかもしれない——

それが村井が覚えた胸騒ぎの正体だった。

「どこだ、どこなのじゃ？」

村井は隆一郎たちが見えなくなったところまで至ったものの、石置場は広いうえに、見通しが極めて悪かった。

石置場へ来たのも初めてで、村井はそこから先、どっちへ向かっていいものか考えあぐねた。

「おおっ、来たか」

迎えの者――谷口《たにぐち》半平太が姿を現した。村井は早足で谷口に近づいた。それを見て谷口が踵《きびす》を返し、村井を導くように歩きだした。

そうして一町も進んだか、前を行く谷口が、ふいに走り出した。

その背中越しに、地面に倒れた一群の人影を目にした村井は、慌てて谷口を追った。

村井が駆けつけたときには、谷口が同輩を介抱していた。ほかにも玄之丞の配下が四人倒れていたが、隆一郎の姿はなく、やや離れたところに見知らぬ男が二人、折り重なるように地面に横たわっていた。

一人は四十がらみの町人、一人は六十歳ぐらいの浪人だった。老人にしては、派手な衣を纏《まと》っていると思ったが、それが血に染まった白装束だと気づいて、村井は息を呑《の》んだ。

浪人のそばに、木刀が転がっている。浪人はその木刀で、玄之丞の配下衆を相手に奮戦したようだが、手傷を負ってしまい、血を流し尽くして果てたようだった。

村井が町人の男に視線を転じたとき、

「瀬田《せた》が息を吹き返しました」

と谷口がいった。「血は返り血です。気を失っているだけのようです」

「ほかの者も確かめてみよ」

「はっ」

村井は瀬田兵庫《ひょうご》のところへ行った。薄目を開けた瀬田に訊《たず》ねる。

「若様はどこじゃ？」

「あちらへ……向かわれました」

瀬田が喘《あえ》ぎながら答え、視線で通路の先を示した。一町ほど先に馬がいて、その脇に、隆一郎の後ろ姿が見えている。村井はいくらか安堵《あんど》した。

「谷口、ここは頼んだぞ。わしは若様のところへ行く」

村井はいい残して走った。そばまで近づいても、隆一郎は気づかなかった。

「若様」

と声をかけると、びくっと振り向いた。

「なんだ、爺《じい》か、びっくりさせるな」

隆一郎が小声でいったが、その言葉は村井の耳を素通りした。村井は隆一郎の向こうに見える光景に目を奪われていた。

広場の中央に、玄之丞が地面に足を投げ出して座っている。眠っているかのように首を横に傾け、口元から涎《よだれ》を垂らしていた。腰の横には、抜き身が転がっていた。

その玄之丞へ、黒い木刀——村井にはそうとしか見えなかった——を手にぶら下げた六尺豊かな大男が、のしのしと歩み寄っている。男が玄之丞に危害を加えようとしているのは明らかだった。

「殿っ！」

村井は玄之丞に駆け寄ろうとした。が、二歩も進まぬうちに、隆一郎に袖《そで》を掴まれた。

「爺、余計な真似はするな」

「えっ？」

村井は一瞬、耳を疑った。「な、なにをおっしゃいます」

「だから、黙って見ていればいいんだ」

隆一郎が抑揚のない声で命じた。

「そ、そんな」

村井は愕然《がくぜん》とした。それでも、二人の遣《や》り取りに気づいた男が、足を止めたのは目に入った。

男は村井と隆一郎を、ぎろりと睨《にら》みつけた。着物の胸が裂け、そこから逞《たくま》しい胸を覗《のぞ》かせた男は、金剛力士のような迫力があった。

隆一郎が男にいった。

「兵ノ介、留め立てする気はない。さっさと殺してしまえ！」

村井は危うく卒倒しそうになった。

隆一郎が玄之丞の死を望んでいることがたしかになったのもさることながら、男があの矢萩一郎太の倅《せがれ》・兵ノ介であり、いまここで起きているのが、十年前の仇討《あだう》ちにほかならないという事実に、村井は稲妻に打たれたような衝撃を受けていた。

葬り去ったはずの過去が、本当に甦っていた。悪夢のような現実として。

兵ノ介が憐《あわ》れむような視線を隆一郎に投げ、それからゆっくりと玄之丞に近づいていった。玄之丞は身に迫る危険に気づいた様子もなく、同じ姿勢を保っていた。

「若様、お手を放して下され」

村井が懇願したが、隆一郎は袖を摑んだ腕に、なおいっそうの力を込めただけだった。

袖が千切れるのも構わず、村井は隆一郎を振り切った。

三

「やめろ、やめてくだされ」

村井は声を振り絞り、兵ノ介の前に立ちはだかった。

刀も抜かず、枯れ枝のような両腕を拡げただけの年寄りを殺す気になれないのか、兵ノ介が肩で溜息《ためいき》を吐いた。

「殿を仇《かたき》と恨む気持ちはわかりまするが、一郎太殿が死に至った責任は、それがしにございます」

兵ノ介が瞼《まぶた》をぴくりと痙攣《けいれん》させた。

「どういうことだ？」

「あのとき、一郎太殿がここへ駆けつけたのは、わしが試合を止めてくれと頼んだからなのです」

兵ノ介が目を瞠《みひら》いた。ややあって呟《つぶや》いた。

「……そうか、そういうことだったのか」

「詳しい経緯《いきさつ》をお話しします」

村井はここぞとばかりに続けたが、

「あんたは父上に、試合を止めてくれと頼んだだけだろう？　そのせいで父上が死んだからといって、あんたを恨む筋合いはない。俺が憎むのは、父上を殺した時任であり、その裏で糸を引いていた玄之丞だ」

兵ノ介がきっぱりと言い切った。「爺さん、危ないから離れていろ」

「お願いです。殿を殺さないでくだされ」

村井は手を摺《す》り合わせたが、兵ノ介に押し退《の》けられただけだった。

――こうなったら身を挺《てい》してでも。

村井は歩きだした兵ノ介を追い抜き、玄之丞に駆け寄った。我が身を投げ出し、玄之丞の上に覆い被《かぶ》さった。

――なにとぞ、殿をお救い下さい。

天に祈ったそのとき、ふいにばたばたと乱れた足音が響いてきた。谷口を先頭に配下衆が駆けつけていた。谷口ら六人はひと目で状況を読み取り、

「殿が危ない！」

「殿をお護《まも》りしろ！」

口々に叫んで抜刀し、広場に雪崩《なだ》れ込んだ。六振りの白刃が、たちまち兵ノ介を

取り囲んだ。

——おお、まさに天の助け！

村井は心中、快哉《かいさい》を叫んだ。同時に隆一郎のことが頭を過《よ》ぎった。自分を引き止めようとしたように、六人にも同じ命を下すのではないか。

隆一郎は眉間《みけん》に皺《しわ》を寄せはしたものの、一言も発さなかった。悔しげな態度も一時のことで、なぜか、にやりと笑った。

その豹変《ひょうへん》ぶりが気になったが、吟味している暇はなかった。

「村井様、いまのうちに殿を！」

谷口から促された。谷口は、玄之丞を逃がすまでは円陣を保ち、兵ノ介の動きを封印しようと目論《もくろ》んでいる。阿吽《あうん》の呼吸でそうと悟った村井は即座に動いた。

「御免」

断りを述べて、玄之丞の頬を張った。三度目で玄之丞が、はっとなったが、

「ここはどこだ？」

あたりをきょろきょろと見廻《みまわ》す有様だった。

「殿、お気を確かに」

大兵《だいひょう》の玄之丞を立たせるのは難儀だが、村井はなんとかやり遂げた。

そうする間も、村井はかたときも兵ノ介から目を離さなかった。兵ノ介もこっちを見ていたが、ぐるりと六本の抜き身を突きつけられては、身動きもならないようだった。

玄之丞がようやく我に返り、村井の肩を支えに自ら馬のほうへ歩を進めだした。右足を地面につけるたびに呻《うめ》きを漏らしたが、馬の手綱を手にした隆一郎を目にすると、痛みも忘れて足を早めた。

「おお、隆一郎、無事だったか」

玄之丞が安堵《あんど》の表情を浮かべ、隆一郎の肩を叩《たた》いた。

「父上もご無事でなによりです」

隆一郎が笑顔で応じた。

「わしを迎えに来てくれたのか？」

「はい、父上のことが心配で、縄を解かれたあと屋敷へは戻らず、ここへ駆けつけました」

村井はそんな隆一郎を、冷ややかな目で見詰めていた。

ついさっきまで、隆一郎は玄之丞を見殺しにしようとしていた。それだけでも頭から水を打ちかけられた気分だったが、兵ノ介が苦境に陥るや、隆一郎は玄之丞にゴマを揺《す》り始めた。その変わり身の速さに、驚くより呆《あき》れていた。

──これが若様の本当の姿だったのか。

村井は失意とともに、隆一郎に対し、末恐ろしいものを感じた。

「掛かれ！」

谷口の指図で、兵ノ介を囲んだ円陣──殺陣《たて》の輪が一気に縮まった。

村井としては兵ノ介を死なせたくなかったが、当主の命とどちらを取るかという局面では、やはり玄之丞を選ぶしかなかった。

「殿、お早く」

村井は玄之丞を急がせた。すると隆一郎が被せるようにいう。

「父上、せっかくですから、兵ノ介が斃《たお》されるのを見物していきませんか」

「うむ、それも悪くないな」

もし、六人掛かりでも梃子《てこ》摺《ず》るような事態になったとしても、いつでも逃げられると思ったか、玄之丞がその気になり、鐙《あぶみ》に掛けていた足を戻した。

おりしも三人が、息を揃えて兵ノ介に襲いかかった。いずれも上段からの打ち下ろしで同士討ちを避けるという、武芸の誉れも高き大番組ならではの巧みな攻撃だった。

だが、三本の大刀が一点に集中して落ちる寸前、ふっと兵ノ介の姿が掻《か》き消えた。

再び像を結んだときには、殺陣の輪の外に出ていた。

幻でも見たような不可思議な光景だった。しかも兵ノ介は像を結ぶやいなや、反撃に出ていた。

木刀の一撃で頭を叩き割られた配下衆の一人が、血煙を上げながら、もんどり打って輪の中央に倒れ込んだ。

ここで兵ノ介がまたしても消えた。たったいま倒された同輩の右隣にいたもう一人が、見えない落下物に押し潰《つぶ》されたように、地面に跪《ひざまず》いた。

対角にいた瀬田の姿が露《あらわ》になった。驚いたことに兵ノ介は、瀬田のさらに背後に顔を覗《のぞ》かせていた。

それで驚くのはまだ早かった。

瀬田は八双に構えて立っていたが、その手にあるはずの大刀はなく、白目を剝《む》いていた。

なんと瀬田は、すでに後ろから喉《のど》を木刀で串刺《くしざ》しにされていた。

瀬田が前へ倒れ、同輩の上に死骸《しがい》を重ねた。

あっという間に仲間の半数を失った配下衆が、恐慌に陥ったのは言うまでもない。

残った三人は顔に脅《おび》えを張り付かせ、滅多矢鱈《めったやたら》と大刀を振り回しだした。

「まずい」

玄之丞が鐙に足を掛け直した。馬の背に攀《よ》じ登ろうとする玄之丞を、村井は尻《しり》を押して助けた。

「隆一郎、お前も乗れ」

玄之丞が馬上から誘った声に、

「ぎゃあああーっ」

背筋が凍りつくような断末魔が重なった。

村井は反射的に闘争の場へ視線を戻した。瀬田から奪ったらしき大刀で、兵ノ介にざっくりと胸を斬られた四人目の犠牲者——谷口が、血飛沫《ちしぶき》を上げて舞っていた。いや、谷口は四人目ではなかった。最後の一人だった。村井が一瞬、目を離した隙に、兵ノ介はもう二人も斬り捨てていた。

兵ノ介は返り血を浴びた顔に、目だけを白くぎらつかせている。その目をさらに眦《まなじり》が裂けそうになるほど、かっと瞠《みひら》いた。

壮絶そのものの姿に、村井はぞっと寒気を覚え、歯の根が合わなくなった。

「うおおおーっ」

獣のような咆哮《ほうこう》を発し、兵ノ介が血刀を手に突進してくる。

「隆一郎、早く乗れ！」

玄之丞が馬上から腕を伸ばしたが、隆一郎はにやにや笑いながら、後退《あとずさ》りした。そうするうちにも兵ノ介が、あと三間まで玄之丞に迫っていた。頃合を見はからったように隆一郎が踵《きびす》を返し、脱兎のごとく逃げ出した。

「いまのは……」

どういうことだ？　玄之丞が戸惑ったように村井を見た。村井は馬の尻を、はっしと打った。

馬が地を蹴《け》って駆け出した次の瞬間、村井の目の前を大きな影が通り過ぎた。

四

馬上の玄之丞に飛びかかって斬りつけたが、刃《やいば》が届く寸前、逃げられた。目標を失った焦りで、地に下り立った足が乱れて転倒してしまい、起き上がったときには、玄之丞を乗せた馬が広場から消え、遠ざかっていく蹄《ひづめ》の音だけが響いていた。

玄之丞の配下衆から村井様と呼ばれていた老人が馬の尻を打ったのを、兵ノ介は目にしていた。

またしても仇討《あだう》ちを遂げることができなかった悔しさを、村井にぶつけた。

「くそっ！　お前のせいだ」

年寄りだと思って情けをかけてやったのに裏切られた。そんな気分も加わり、ますます怒りが込み上げてきた。

「死ね！」

兵ノ介は、棒を吞んだように立ち竦《すく》んだ村井に、大刀を振り上げた。

ふいに、村井が兵ノ介の胸元を指差した。指を激しく震わせながら、あわあわと言葉にならない声を発した。

指先が向けられていたのは一郎太の形見——あの摩利支天の根付だった。村井の予期せぬ反応に気勢を削がれた兵ノ介は、大刀を放り出し、

「爺《じじ》ぃっ！」

峯岸のもとへ駆け寄った。

峯岸は最後に見た場所にはいなかった。這《は》って広場の隅まで行き、積み石を支えに体を起こそうとしたところで力尽きたらしく、右手を伸ばしたまま、長々と横臥《おうが》していた。

無駄と思いつつ、兵ノ介は峯岸の首筋に指を当てた。弱々しい脈が、指の腹を打った。

「爺ぃ、しっかりしろ！」

耳に口を寄せて怒鳴ると、峯岸が薄《う》っすらと目を開いた。

「いま、矢を抜いてやるからな」

峯岸がかすかにうなずいた。兵ノ介は、峯岸の胸から一尺あまりも突き出してい た矢の先をへし折り、背中側の矢羽を摑んで一気に引き抜いた。

矢は心の臓をわずかに逸《そ》れていた。引き抜いても血が噴き出すことはなかった。

あの射手が、急所を外すわけがない。矢を受ける寸前、峯岸が体を捻《ひね》って避《よ》けたとしか考えられなかった。

「さすが爺ぃ」

兵ノ介は思わず、感嘆の声を漏らした。

「どうなった？」

矢を抜いたことで楽になったか、峯岸が兵ノ介に首尾を問うた。

「それが……」

「そうか、残念だったな」

峯岸が溜息《ためいき》を吐いた。

「これで諦《あきら》めたわけじゃない」

兵ノ介は単身、屋敷へ討ち入ってでも、仇敵《きゅうてき》を討ち果たそうと思っていた。

「三度目の正直というからな。もっともわしは立ち会えそうもないが……」

「なにをいってる。あんたは、殺されても死ぬもんか」

「くっ」

兵ノ介の冗談に峯岸が力のない笑いを返した。それは死期を悟った者の笑いだった。

急所こそ外れていたが、峯岸が今日、明日の命だと、兵ノ介にもわかっていた。

峯岸が死んでしまう。この世からいなくなってしまう。

急に万力で胸を締めつけられたように息苦しくなった。

自分でも意外だったが、父を失ったときの手酷《てひど》い喪失感が甦《よみがえ》っていた。

峯岸から情をかけられたことは一度もない。兵ノ介にとって峯岸は、越えなくてはならない壁であり、打ち勝つことを目標にしてきた相手でしかなかった。

諸国を流離《さすら》う峯岸を、それこそ刺客のように付け狙い、殺意をもって挑んできた。

そんな峯岸に、あろうことか、肉親のごとき情愛を覚えていた。そのことに、兵ノ介は闇夜で不意討ちを仕掛けられた以上に面食らった。

「あっ!」

ふとある光景が脳裏を横切った。たしか旅に出て、丸一年が過ぎた頃のことだった。急な病を得て高熱を発し、廃屋で寝込んだことがあった。

廃屋には食料はむろん、一滴の水もなかった。熱は下がるどころか上がる一方で、手持ちの水は、たちまち尽きた。

熱の苦しみはいうまでもなく、そこに耐え難い渇きが加わった。水を調達するのは不可能だった。二日目には死を覚悟した。どうせ生きていても、いいことはひとつもない。兵ノ介は、むしろ死を待ち望む心境になった。

そんな最中、夢を見た。一郎太がそばにいて、かいがいしく看病してくれる夢だった。夢の中で兵ノ介は、一郎太が口元まで運んでくれる水で渇きを癒《いや》し、薬まで飲ませてもらった。

翌朝、目覚めたときには、嘘のように熱が下がっていた。そのまま外へ飛び出していけそうなほど回復していた。兵ノ介は父があの世から現れ、命を救ってくれたと思った。

――そうじゃなかったんだ。

目覚めたあと、なに気なく水筒の水を飲んだ。とうに空になっていたはずの水筒に、たっぷりと満たされていた水を。

あれは夢ではなく、現実に起きたことだったのだ。そして看病してくれたのは、一郎太ではなく峯岸一鬼だったのだ。

そこに思い至った兵ノ介は、いてもたってもいられなくなった。早く治療を施さないと、峯岸の命がさらに縮まってしまう。

「爺ぃ、痛むだろうが、我慢してくれ」

兵ノ介は峯岸をそっと抱き上げた。

「ううっ」

痛みに唸《うな》った峯岸が意識を失い、目を閉じた。

「あんたも一緒に来い」

逃げる機会はあったのに、まだそこに留《とど》まっていた村井を、兵ノ介はどやしつけた。村井は最前とはうって変わり、魂が抜けたように虚脱していた。

べつに村井を人質に取ろうと考えたわけではない。村井がほかにもなにか、自分が知らない情報を握っているかもしれないと思ってのことだった。

聞こえた様子はなかったが、兵ノ介が歩きだすと、村井はとぼとぼとついて来た。

兵ノ介は広場を抜け、大川端にある石置場の河岸へと向かった。

石置場には水路を辿《たど》り、舟で来ていた。吉次が漕《こ》ぎ、兵ノ介、峯岸、道斎のほかに伝兵衛も乗り合わせた。その舟が河岸で待機している。

舟を見張っていた伝兵衛が、兵ノ介に抱きかかえられた峯岸を見て、たちまち蒼《あお》褪《ざ》めた。

伝兵衛から問われる前に兵ノ介は口を開いた。

「玄之丞には、逃げられました。爺ぃは矢で射られました。矢は抜いたので、舟に乗せて手当てをして下さい」

要点のみをてきぱきと伝え、峯岸の身柄を伝兵衛に引き渡した。

「ところで、あの人は？」

と伝兵衛が訊《たず》ねたのは、村井のことだった。

「その話もあとで。この様子なら、逃げたりはしないでしょうが、いちおう目配りして下さい。俺はこれから、道斎先生と吉次さんを呼びに行きます」

道斎と吉次は、果し合いの場に邪魔者を立ち入らせないために、広場に続く通路を警戒していた。玄之丞の配下衆が広場に雪崩《なだ》れ込んできたときには、不測の事態が生じたのではないかと、厭《いや》な予感を覚えたものだった。

兵ノ介は道斎と吉次の無事を祈りながら、ひたすら駆けた。

「先生、いい顔をしてるなあ」

道斎の顔に白布を被《かぶ》せ直した伝一郎が、しみじみと吐いた。森閑と静まり返った深夜の片岡道場に、その声が木霊《こだま》した。

「あのときはなんのことやらと思ったが、いまは先生の気持ちが、わかったような気がする。先生は望み通り、いい死に場所を得て、満足してあの世に旅立たれた。なあ、兵ノ介もそうは思わないか？」

「……」

兵ノ介に答える言葉はなかった。

たしかに道斎は、これ以上もない安らかな死に顔を浮かべている。それがせめてもの慰めではあったが、自分のせいで道斎が命を失ったことに変わりはない。

しかも仇《かたき》を討ち漏らしてしまった。道斎の死は無駄だった——その思いが兵ノ介を苦しめていた。

兵ノ介の思いを汲《く》みとったように、伝一郎が続ける。

「先生は吉次を救ったんだろ？　敵と闘いながら吉次に血止めを施したなんて、先生でなければできることじゃない。俺は弟子として誇りに思う」

兵ノ介が見つけたとき、道斎と吉次は折り重なるようにして倒れていた。道斎はすでに死んでいたが、吉次はまだ息をしていた。

吉次は右の手首を失っていた。疵口《きずぐち》を白布で縛って血止めがしてあった。その布は道斎の白装束の袖《そで》だった。

おそらく道斎は、吉次を庇《かば》いながら闘い、相手方全員を昏倒《こんとう》させてから、吉次の治療にかかったのだろう。そして、治療に気をとられて無防備になったところを、立ち直った相手に襲われたのだ。最初に背中を割られ、振り向いたところを袈裟《けさ》懸けに斬られた。

道斎はそれにもめげず相手を倒し、吉次の治療を続けた。治療をやり遂げて力尽きた――。

片岡道場へ戻ってすぐに呼んだ町医者も、吉次の疵を検《あらた》めていった。

「止血が遅れていたら、この人はとっくに死んでいたでしょう」

道斎が為《な》したことを思えば、その死が無駄だったなどと、一瞬でも考えた自分が恥ずかしくなった。道斎を送る言葉は、もうこれしかなかった。

「先生は人として、立派な最期を遂げられた」

「俺も、かくありたいものだ」

伝一郎が、みるみる双眸《そうぼう》を潤ませた。その伝一郎が霞《かす》んで見えてくる。兵ノ介もいつしか涙ぐんでいた。

ふいに道場の戸が開いて、伝兵衛が顔を覗《のぞ》かせた。

「二人とも、ちょっとこちらへ」

それだけいうと、すぐに踵《きびす》を返した。ちらりとしか見えなかったが、伝兵衛は眉《み》間《けん》に深い縦皺《たてじわ》を寄せていた。

峯岸たちの容態が急変したのかと、にわかに不安になった兵ノ介は、すぐに立って母屋へ走った。

道斎の亡骸《なきがら》は道場に安置していたが、峯岸と吉次は母屋で寝かせていた。母屋は小さく、六畳の座敷がひとつと、廊下を挟んで三畳ほどの台所の板間しかないので、兵ノ介と伝一郎は、道場で道斎の亡骸に付き添っていたのである。

途中で伝兵衛を追い抜いた兵ノ介は、いまや病室となった座敷の手前で、いったん立ち止まった。なにを見ても取り乱すまいと覚悟を決めてから、座敷へ足を踏み入れた。

夜具に横たわった峯岸に、苦しんでいる様子はない。胸も規則正しく上下していた。吉次の容態にも、これといった変化はなかった。

心配のあまり、伝兵衛の表情を読み違えてしまったらしいと、兵ノ介は胸を撫《な》で下ろした。だが、遅れてやって来た伝兵衛の声は硬かった。

「伝一郎、二人の看病を頼む。兵ノ介さんはこっちだ」

兵ノ介は促されるままに、座敷を出て台所に移動した。思わず口走った。

「あっ、逃げられたか」

台所の奥の壁にある物入れに、村井を閉じ込めていたのだが、戸を押さえていた心張り棒が倒れ、戸が薄く開いていた。

「いや、そうではない」

伝兵衛が首を横に振り、物入れの戸を開け放った。

物入れは天井も低く、広さは半畳しかない。そこに正座した村井は、箱に詰めた人形に見えた。

峯岸たちの容態が悪化したわけでも、村井が逃げたわけでもない。だったらなぜ台所へ呼ばれたのか？　兵ノ介は首を捻《ひね》った。

「この人が、どうしても兵ノ介さんに、確かめたいことがあるそうです」

伝兵衛が耳元で囁《ささや》いた。兵ノ介は伝兵衛に村井の名を告げてから、

「なにをです？」

と訊ねた。伝兵衛は答える代わりに、兵ノ介の胸元に視線を向けた。

兵ノ介は首にぶら下げていた根付を引っ張り出した。

「もしかして、これのことですか？」

そうだと、伝兵衛が首肯した。

「気にはなっていたんです……」

と兵ノ介は、村井が根付に対して見せた反応を、伝兵衛に手短に伝えた。

「よほど驚いたのでしょう」

伝兵衛が、なにか含んだところがある物言いをした。

「早く見せてくだされ」

村井が物入れから這《は》い出して来た。兵ノ介は村井に根付を手渡した。

老眼の村井が根付に目を近づけた。いろいろな角度から、しげしげと吟味してから、ぼそりと吐いた。

「……間違いない」

「なにが間違いないんだ？」

兵ノ介が質《ただ》すと、村井は無言で見詰め返してきた。その目に、なんともいいがたい色が揺れている。

「……この根付が、なによりの証《あかし》」

「なんの証だ？」

兵ノ介は苛々《いらいら》と促した。

「この根付が……」

村井が根付を兵ノ介の前に突き出した。

「あなたさまが殿のお子であるという……なによりの証でございます。その根付は、殿に言いつけられて、生まれたばかりのあなたさまを河岸に置いて立ち去る間際、それがしがお手に握らせた物に相違ありませぬ」

「あなたさまって、俺のことか？」

「はい」

「俺が、高杉玄之丞の子供だって？」

「そういうことでございます」

「こいつぁ、びっくりだ。びっくりしすぎて、腰を抜かしそうになったぜ。いやはや爺《じい》さん、あんた、大した策士だ。だけどよ、話に無理がありすぎる。それともなにか、いよいよ頭がおかしくなったのか？」

村井は、兵ノ介が玄之丞の子であり、その証がこの根付だという。玄之丞を仇と狙わせないために知恵を絞ったのだろうが、あまりにも稚拙な筋書きだった。

「驚かれるのは無理もありませんが、事実でございます」

「やれやれ、付き合ってられないぜ」

田舎芝居でもここまで突拍子もない筋書きはない。いくらなんでも酷《ひど》すぎる。兵ノ介は噴き出しそうになったが、こんなときに不謹慎だと気づいて自粛した。

「もういいから、さっさと返してくれ」

根付を村井からひったくると、さっさと座敷へ戻ろうとした。するとなぜか伝兵衛が、兵ノ介の袖を引いた。

「たぶん、村井さんがいっていることは本当です」

「もう勘弁して下さいよ、伝兵衛さんまで……」

おかしなことをいいだして。兵ノ介は顔の前で、掌《てのひら》をひらひらさせた。

「じつは私もこの根付のことは、前から知っておりました」

「え？」

「とにかくこの根付は、一郎太さまの持ち物ではありません。一郎太さまが拾った赤子が身につけていた物です」

「父上が拾った赤子？」

兵ノ介は阿呆《あほう》のように繰り返した。伝兵衛が兵ノ介の目を見て続けた。

「一郎太さまが拾った赤子は、村井さんが河原に置いた玄之丞の子、そういうことになります」

「つまり、その子が……」

「兵ノ介さん、あなたです」

「そんな馬鹿なことがあってたまるか！」

口では否定したが、兵ノ介は天地が引っくり返ったような衝撃を受けていた。

「嘘だ！　絶対、嘘だ！」

兵ノ介が喚《わめ》きながら表へ飛び出して行ったのと入れ違いに、伝一郎が座敷へ駆け込んできた。

「親父、なにがあった？」

「とんでもないことがわかった」

「とんでもないことってどんな？」

「話している暇はない。早く、兵ノ介さんを追え」

「追えといわれても、あいつ目茶苦茶、足が速いぜ。だいいち、どこへ行ったんだ？」

「うちの店だ。郁江さんのところへ向かったはずだ。なにがなんでも、兵ノ介さんを郁江さんに会わせるな」

「そんな、無理だって」

「いいから早く追え、兵ノ介さんを止めろ」

「わかった、なんとかする」

伝一郎が、裾《すそ》を絡《から》げて兵ノ介を追っていった。

「このことを、殿にもお報《しら》せしなくては……」

亡霊のようにやつれた村井が、ぽつりと吐いて歩きだした。伝兵衛は止めなかった。止める気力も失っていた。ある意味で伝兵衛は、村井以上に衝撃を受けていた。

兵ノ介が一郎太の実子ではないことは、うすうす察していた。郁江に確かめようとしたこともあるが、できなかった。血の繋《つな》がりなど意味はないと、自分を納得させた。

兵ノ介もあの気性だ。一郎太が実の父ではないと知ったところで、仇討《あだう》ちを止めるはずがない。兵ノ介の出生の秘密を暴いたところで、結果は同じ——伝兵衛はそうも考え、おのれの胸ひとつに納めたのだった。

——それがまさか、こんなことになろうとは。

兵ノ介は一郎太の実子ではないどころか、仇《かたき》と狙う高杉玄之丞の子だという、驚天動地の事実が発覚した。

兵ノ介は嘘だと喚いて、郁江の許《もと》へ走った。だが、郁江に確かめるまでもなく、心のどこかではすでに、否定しがたい事実と受け取ったとみて間違いなかった。

こうなったら、せめて郁江を悲しませてはならない。郁江は見違えるほど回復しているが、兵ノ介に実の子ではないと告白する辛《つら》さに、堪えられるわけがない。

——なんとか、間に合ってくれ。

伝兵衛は心で祈った。なんども祈るうちに、独りで悶々《もんもん》としているのが辛くなってきた。座敷へ引き返した。

「おお、峯岸さん、気がついたか」

峯岸が意識を取り戻していた。

「見ての通りだ」

峯岸が苦笑した。「そうそう、夢枕に白装束の道斎が現れた。三途《さんず》の川の向こうから、手招きしておったわ」

「……」

「わかっておる。道斎はすでに果てたのだろう」

「ええ」

否定してもよかったが、伝兵衛は正直に答えた。峯岸と道斎の間に、人智を超えた繫がりを感じていた。嘘を吐いても、無駄だと悟っていた。

「そのまま三途の川を渡ってしまおうかと思ったが、どうしても兵ノ介にいっておきたいことがあって、引き返してきた」

「兵ノ介さんは、あれこれあって一元に戻りました。きょうはもう、ここへは来ないかもしれません」

「そうか、ならば、伝えてくれ」

「兵ノ介さんに直接、いってください」

「それができそうにないから、こうして頼んでおる」

「……聞くだけは聞いておきましょうか」

「玄之丞ごときは、所詮《しょせん》、道端に転がった石ころにすぎぬ。お前の真《まこと》の敵は隆一郎だと、兵ノ介に伝えてくれ」

「まさか、隆一郎が一郎太さまを殺《あや》めたと申されるので？」

隆一郎は当時、八歳だ。

「そうではない。玄之丞はたしかに兵ノ介の仇敵《きゅうてき》だ。が、仇討ちすら本当はどうでもいいことなのだ。兵ノ介がこれから歩むであろう険しい道のりの一歩に過ぎぬ」

話が飛んでいる。いよいよ峯岸の意識が、混濁してきたようだった。

「なにがおっしゃりたいので？」

「わしは兵ノ介、あるいは隆一郎のどちらかに、剣の道を極めさせたい。わしが達し得なかった、いや、いまだかつて誰も達したことのない境地に立たせたいのだ。そのためには、隆一郎という敵が兵ノ介に、兵ノ介という敵が隆一郎に、必要なのだ」

「……」

「兵ノ介に伝えても、いまは理解できぬだろう。いずれわかる日が来る。必ず来る。好むと好まざるとにかかわらず、兵ノ介と隆一郎はわしの敷いた道を歩むことになる。いや、すでに引き返せないところまで来ている」

峯岸が咳《せ》き込んで、血痰《けったん》を吐いた。

「いま聞いたことを、そっくり伝えればいいのですね？」

峯岸が顎《あご》を引いてうなずいた。そのまま、すうーっと目を閉じた。

「峯岸さま、しっかりしてください！」

伝兵衛は峯岸を揺さぶった。目こそ開かなかったが、峯岸がぶつぶつと呟《つぶや》きだした。

伝兵衛は峯岸の口に耳を寄せた。

「……道斎、待たせたな」

聞き取れたのはそれだけだった。それを最後に、峯岸は息を引き取った。

「逝ってしまった、なにも知らずに……」

伝兵衛は、兵ノ介の出生の秘密を峯岸に告げる機会を、ついに逸していた。

「申し訳ありません。いま聞いた話を、兵ノ介さんに伝えるわけにはいきません」

峯岸の遺言は、間違った前提に基づいている。兵ノ介に、親兄弟と命の遣《や》り取りをせよと強いる内容だった。そんな遺言を伝えるわけにはいかない。

——もっとも……。

おのれの出生の秘密を兵ノ介が知ったいま、実の親を殺し、血を分けた兄弟と敵対することなど、もはやあるはずがない。

そういう意味では、峯岸の遺言そのものが効力を失っている。だが、それはそれで気になることが残っていた。

峯岸はいった。「好むと好まざるとにかかわらず、兵ノ介と隆一郎はわしの敷いた道を歩むことになる」と。

「すでに引き返せないところまで来ている」とも。

峯岸の言葉だけに重みがあった。

「なんてことをしてくれたんだ」

伝兵衛は自分の頭を掻《か》き毟《むし》りながら、峯岸の亡骸《なきがら》に罵《ののし》った。

——とうとう追いつけなかったか。

ようやく一元が目と鼻の先になったが、表戸に設けられた潜戸が開いていた。開いているというより、蹴破《けやぶ》られていた。

兵ノ介以外には考えられない。伝一郎は、伝兵衛から言いつけられたことを果たせなかったと思った。

——いや、まだ間に合うかも。

よく見ると、蹴破られて間もないことを示すように、潜戸がぶらぶらと揺れている。兵ノ介がやって来て間もないようだった。

伝一郎は潜戸を走り抜けた。店内は真っ暗だが、勝手知ったる我が家である。手探りすることもなく二階へ向かった。

階段を登りきる頃には、ほの灯《あか》りが見えていた。灯りは唐紙《からかみ》が開けっ放しになった郁江の部屋から漏れていた。

「兵ノ介!」

伝一郎は叫びながら、郁江の部屋に飛び込んだ。

「あれ?」

兵ノ介はいなかった。そこにいたのは、床に伏した郁江と、郁江の枕頭《ちんとう》に座った志津だけだった。

「兵ノ介なら、もう行ってしまったわ」

志津が物憂げにいった。伝一郎は、志津が足を投げ出して横座りになっていることに初めて気づいた。

郁江も、ただ床に伏せているのではなかった。天井の一点に視線を張り付かせ、夜着の端を摑《つか》んだ手を、ぶるぶると震わせていた。

——親父が兵ノ介を止めろといったのは、これだったのか。

なにが起きたかはわからない。兵ノ介を止められなかったことが、志津と郁江を失意のどん底に突き落としたのは間違いなかった。

「兵ノ介は」

いったいなにを？ と伝一郎が続ける前に、

「あの子さあ、母上にひどいことをいったのよ」

志津が台詞《せりふ》を棒読みするように話し始めた。

「俺は捨て子だったのか、なんでいままで教えてくれなかったのかって」

「なんだって、その話、本当なのか？」

「兵ノ介がひどいことをいったってこと？ それとも捨て子だったってこと？」

「あとのほうだ」

「……」

志津が黙った。その沈黙が答えになっていた。

「そんな……」

伝一郎は絶句した。

「わたしも知らなかったのよ」

志津が文字をなぞるように、畳に指を這《は》わせた。

「気が動転してしまって、だったらどうなのよ、兵ノ介に、そういってやったの。

そしたら、あの子……」

「……」

「志津さん、わたしのことをそう呼んでから、俺のせいで、あなたたちの大事な人を死なせてしまった。ほんとにすまなかった」

大事な人とは、一郎太のことだ。

「あげく、お世話になりました、これ以上、ご迷惑はかけられません。俺のことは忘れて下さい。さようなら……だって」

堪《こら》えきれなくなったように、志津が嗚咽《おえつ》した。

「志津ちゃん、兵ノ介を捜してくる。必ず連れ戻すから待っててくれ」

伝一郎がいうと、志津が縋《すが》るような目を向けてきた。

「お願い」

とその唇が動いた。

――二度と兵ノ介に会うことはないだろう。

心のうちで予感しつつ、伝一郎は再び夜の町へ飛び出して行った。

ふたつぼし 壱《いち》

中谷航太郎《なかたにこうたろう》

平成27年 12月25日　初版発行

発行者●郡司 聡

発行●株式会社KADOKAWA
〒102-8177　東京都千代田区富士見2-13-3
電話 03-3238-8521（カスタマーサポート）
http://www.kadokawa.co.jp/

角川文庫 19503

印刷所●旭印刷株式会社　製本所●本間製本株式会社

表紙画●和田三造

ISBN978-4-04-103483-5　C0193

角川文庫発刊に際して

角　川　源　義

　第二次世界大戦の敗北は、軍事力の敗北であった以上に、私たちの若い文化力の敗退であった。私たちの文化が戦争に対して如何に無力であり、単なるあだ花に過ぎなかったかを、私たちは身を以て体験し痛感した。西洋近代文化の摂取にとって、明治以後八十年の歳月は決して短かすぎたとは言えない。にもかかわらず、近代文化の伝統を確立し、自由な批判と柔軟な良識に富む文化層として自らを形成することに私たちは失敗して来た。そしてこれは、各層への文化の普及滲透を任務とする出版人の責任でもあった。

　一九四五年以来、私たちは再び振出しに戻り、第一歩から踏み出すことを余儀なくされた。これは大きな不幸ではあるが、反面、これまでの混沌・未熟・歪曲の中にあった我が国の文化に秩序と確たる基礎を齎らすためには絶好の機会でもある。角川書店は、このような祖国の文化的危機にあたり、微力をも顧みず再建の礎石たるべき抱負と決意とをもって出発したが、ここに創立以来の念願を果すべく角川文庫を発刊する。これまで刊行されたあらゆる全集叢書文庫類の長所と短所とを検討し、古今東西の不朽の典籍を、良心的編集のもとに、廉価に、そして書架にふさわしい美本として、多くのひとびとに提供しようとする。しかし私たちは徒らに百科全書的な知識のジレッタントを作ることを目的とせず、あくまで祖国の文化に秩序と再建への道を示し、この文庫を角川書店の栄ある事業として、今後永久に継続発展せしめ、学芸と教養との殿堂として大成せんことを期したい。多くの読書子の愛情ある忠言と支持とによって、この希望と抱負とを完遂せしめられんことを願う。

一九四九年五月三日